01

작 가 수 업
천 양 희

첫 물음

作

家

授

業

01   천양희 지음

작 가 수 업
천 양 희

첫 물음

다산
책방

차 례

3부 · 시는 나의 생업

1부
_____

첫 물음이
내 문학의 '첫'이었다

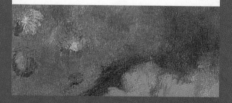

왜 쓰냐고요?

한 사람의 꿈은 한 나라의 모습과 같다는 말을 생각하거나 운명에 대해 생각하다가 견고한 벽돌처럼 세계가 이해되지 않을 때, 나는 진한 커피를 마시거나 우두커니 앉아 있거나 한다. 그럴 때의 감정이 무엇인지 정확히 아는 것이 내가 누구인지 아는 첫걸음이란 말을 생각하게 된다.

쥘 수 있는 건 주먹밖에 없고 잡을 수 있는 건 내 살밖에 없다는 생각이 들 때, 뭐? 라는 말과 왜? 라는 말로 나 자신한테 깊은 질문을 하게 된다.

그때마다 절망은 오랜 습관이고 슬픔엔 규격이 없다는 말이 떠오르는 건 웬일일까. 이 말은 시인 신용목의 놀라운 발견이지만 동성애자라는 이유로 운명이 자신의 생을 덮치는 경험을 했던 오스카 와일

드는 시간은 흘러가는 것이 아니라 고통을 중심으로 돌아가는 하나의 슬픈 계절일 뿐이라고 말하고 있다. 공지영은 또 「맨발로 글목을 돌다」에서 모든 운명은 새벽처럼 우리를 덮치기도 하고 안개처럼 서서히 스며들기도 해서, 운명의 날카로운 손톱에 생을 할퀴어본 사람들은 희망이 절망적인 유혹이 되지 않기 위해 먼저 희망을 버리는 것이라고 말하고 있다. 잘 쓰인 한 페이지는 무지무지하게 힘이 든다는 말을, 나는 이런 대목에서 뼈아프게 느낀다. 분명한 것은, 이해되지 않는 세계처럼 벽돌이 견고한 것이 아니라 견고한 벽돌처럼 세계는 이해되지 않는다는 것이다.

내가 운명의 고비에 처했을 때, 그때마다 이겨낼 수 있도록 도와준 것은 시를 쓰는 일이었다. 시를 쓰는 동안만은 나는 내가 아닐 수 있었고 나를 잊을 수 있었다. 이미 존재하고 있는 나를 잊는다는 것은 아직 발견되지 않은 어떤 세계에 대한 두려움을 잊는 것이었다. 항상 뇌리에서 시가 떠나지 않았고 시를 쓰지 않을 때(혹은 못 쓸 때) 내 머릿속의 깊은 골짜기에는 시의 비명소리가 메아리치고 있는 것만 같았다.

나는 지금도 시를 쓰지 않는(못 하는) 시간이 가장 견디기 힘든 시간이라는 말을 자주 한다. 소설처럼 하루에 몇 페이지씩 쓸 수 없는 것이 시다. 그래서 영감이 떠오르거나 새로운 생각이 떠오르면 잊어버리지 않으려고 메모해 둔다. 그 메모를 상상력으로 살려낼 때 창작의 기쁨을 맛보게 된다. 새로운 창작의 기쁨이 시를 쓰게 하는 것 같다. 다른 것을 이루었을 때의 기쁨과는 확실히 다른 기쁨이다. 이것이 내 운명인가? 싶을 때가 그 기쁨을 느낄 때이다.

내가 나에게 질문이 많아질 때 그때가 가장 마음이 차분히 가라앉을 때다. 산문을 쓸 때보다 시를 쓸 때는 차분한 분위기가 제일 바람직하다. 산문이 펼침이라면 시는 오므림이다. 그러므로 시를 쓸 때는 더욱 차분한 분위기라야 하고 마음도 차분해져야 한다. 산문이 이미 존재하고 있으나 아직 발견되지 않은 세계의 유물이라면 시는 어디서 오는지 어떻게 오는지 알 수 없는 세계의 발견물이다.

누가 나에게 시를 어떻게 쓰느냐고 묻는다면 한 단어 한 문장이 한 번에 확 밀고 들어와서 내 영혼을 깨울 때 미친 듯이 집중해서 쓰게 된다고 대답한다. 또 누가 왜 시를 쓰느냐고 물으면, 나를 벗어나고 싶어서, 내가 아니기 위해서, 그냥 시가 좋아서 쓴다고 대답하기도 한다. 그러다 보면 시가 나를 살리게 된다고 말하기도 한다.

시를 쓸 때는 어떻게? 왜? 라는 질문이 나를 몰입하게 만드는 것 같다. 몰입은 고독 속에서 진실을 찾아내는 것과 같다.

소설가들에게는 흔히 '네 이야기를 써봐라'고 얘기들을 하고 '내 살아온 것을 쓰면 소설책 몇 권은 될 것'이라고 말들 한다. 그러면 소설가들은 엄청난 가능성이 펼쳐지듯 가슴이 벅찰 테지만 시인한테는 아무도 그런 말을 하지 않는다. 설명이 아니라 말로써 말에 봉사하는 것이 시인의 운명이기 때문이다.

첫 물음이
내 문학의 '첫'이었다

　새로운 것에 놀라고 처음 보는 것에 오래 호기심을 감추지 못하던 어린시절, 경이롭게 여겼던 사물에 대한 첫 물음이 내 문학의 첫 시작이었다. 세상은 질문으로 가득 차 있어, 세상에 경탄하면 영혼이 바뀌는 것이었다.

　메뚜기를 잡으려고 논둑길을 헤매다가 지나가는 기차를 보았다. 도대체 저 긴 기차를 누가 끌고 가며, 저 긴 기차는 어디로 가는 것일까? 그 첫 질문이 내 시창작의 첫 시작이었고, 내 머릿속에 이성이라는 단어가 맴돌고 내 가슴속으로 누군가 들어오는 소리가 들리던 사춘기는 내 경험의 첫 순간이었다.

　겨울을 견디고 봄이 올 무렵에 가장 먼저 피는 복수초나, 개가 저녁밥을 기다릴 무렵에 가장 먼저 뜨는 개밥바라기별에 유독 '첫'이라는 말을 붙이는 것처럼 무엇이든 '첫'은 시간을 정지시키는 것 같다. 그것이 시인의 '첫'이고 내 삶의 '첫'일 때 더욱 그렇다.

시에 나이가 없듯이 그 시간은 소멸되지 않고 '첫'은 언제나 처음으로 살아 있다. 경이롭게 여겼던 내 첫 물음은 지금까지도 버리지 않았는데, 내가 손을 대면 모든 것이 시가 될 것 같고, 내가 마음을 주면 모든 사람이 시인이 될 것 같던 내 첫 생각은 불가능을 기대했던 나의 첫 절망이 되고 말았다. 나는 영원한 것을 기대하는 것보다 불가능한 것을 기대했고, 자기를 증오하는 사랑의 방식을 통해 시를 완전히 소화하고 싶은 고독한 족속이었다. 어쩌면 시인들의 시에 대한 사랑은 불가능한 사랑이면서 동시에 불가능에 대한 사랑이라는 말이 맞을지 모르겠다. 그러나 내 인생은 추억을 통해 이렇게 지나가고, 어느 시인의 말처럼 옛날은 가는 것이 아니라 이렇게 자꾸 오는 것이다.

시인인 내 '첫'은 옛날이 오는 것처럼 시가 올 것인가에 대한 첫 물음이며, 내 삶의 '첫'은 시의 뗏목을 어디까지 타고 갈 수 있는가에 대한 첫 대답이다.

시가 이 세상에서 처음으로 죄 없는 일이 되고, 시인이 이 세상에서 처음으로 죄 없는 사람이 되기를 바라면서 나는 아직도 내 삶이 처음으로 시 같아지기를 바란다. 결국 시인인 나는 한 편의 진정한 시에 이르기 위해 사는 것이다.

자신의 생애 앞에 펼쳐지는 첫 풍랑을 모든 시의 첫 진로로 받아들이는 자가 바로 시인이다. 첫사랑이 모든 사랑의 '첫'이듯이 첫 시가 모든 시의 '첫'이 될 수는 없다. 첫 시는 모든 시를 밀어내보내기 때문이다. 내가 첫 단추를 소재로 쓴 시에서 단추의 어원도 '밀어내보냄'을 뜻한다. 밀어내보냄도 첫 단추처럼 잘못될 때가 있다. 잘못 채운 첫 단추를 보면 잘못된 인생을 보는 것 같다. 단추의 구멍 찾기처럼 쉽지 않은 것이 시의 첫 시작이며 삶의 첫 경험인 것 같아서이다. 잘못 채운 첫 단추가 처음으로 나를 깨웠다. 첫 단추는 옷만의 단추가 아니라 인생의 첫 단추이기도 하다고 우두커니 있는 나를 깨웠던 것이다.

90년 초 어느 겨울 아침, 약속시간에 쫓겨 급하게 옷을 입고 거울을 보았다. 첫 단추를 잘못 채워 옷 모양이 뒤틀려 보였다. 그때 나는, 첫 단추를 잘못 채웠을 뿐인데 옷 전체가 망가진 것을 보고 마치 인생이 망가진 듯한 충격을 받았다. 그 충격이 「단추를 채우면서」란 시를 태어나게 했다. 잘못 채운 첫 단추가 주는 내 시의 첫 깨달음이었다. 이 시는 나에게 첫 문학상을 안겨준 첫 시가 되었다.

　　단추를 채워보니 알겠다
　　세상이 잘 채워지지 않는다는 걸
　　단추를 채우는 일이
　　단추만의 일이 아니라는 걸

단추를 채워보니 알겠다

잘못 채운 첫 단추, 첫 연애, 첫 결혼, 첫 실패

누구에겐가 잘못하고

절하는 밤

잘못 채운 단추가

잘못을 깨운다

그래, 그래 산다는 건

옷에 매달린 단추의 구멍찾기 같은 것이야

단추를 채워보니 알겠다

단추도 잘못 채워지기 쉽다는 걸

옷 한 벌 입기도 힘들다는 걸

—「단추를 채우면서」 전문

나는 가끔 소녀시절로 돌아가 그때의 내 꿈과 희망이 무엇이었더라? 생각해본다. 그동안 사는 일에 시달려, 높고 맑던 꿈과 희망을 잊고 산 것은 아니었나 돌아보게 되는 것이다. 초등학교 사학년 때 처음으로 내가 무엇이 되고 싶다는 생각을 했던 것 같다.

기차를 보면 긴 기차를 끌고 가는 기관사가 되고 싶었고, 학교에 가면 선생님이, 아코디언을 잘 켜는 사람을 보면 악사가, 책방에 가서 책을 보면 책방주인이 되고 싶었다. 중학교에 들어가기 전까지의 내 어린 꿈이었다.

중학생이 되면서 꿈도 많이 달라졌다. 무대에서 갈채 받는 발레리나가 되거나 『허클베리 핀의 모험』의 소년처럼 모험가가 되거나 생텍쥐페리처럼 조종사가 되어 하늘을 날고 싶은 황당한 꿈을 꾸기도 했다. 나는 호기심이 많은 만큼 꿈도 많았고 꿈이 많은 만큼 좌절도 많이 겪었다. 허황된 꿈은 꿈으로만 끝난다는 것을 알 무렵부터 나는 책 읽기에 빠져들어, 상상력과 호기심을 키우는 문학소녀가 되었다.

책은 나에게 또 다른 꿈을 꾸게 해주었고 책 읽기의 즐거움도 함께 주었다. 책은 부모님과 선생님 다음으로 나를 키워주었다. 책을 열심히 읽었던 탓인지, 작문 시간에 발표한 글이 교지에도 실리고 선생님의 칭찬을 듬뿍 받을 수 있었다. 그 칭찬이 내가 시를 쓰게 된 첫 동기가 되었을 것이다. 가장 힘 있는 격려는 칭찬이었다. 내가 문학소녀가 된 것은 선생님의 칭찬 한마디와 책 읽기와 집안 분위기가 나를 부추긴 때문이 아니었나 싶다. 내가 만일 문학소녀의 꿈을 버렸다면, 지금, 무엇이 되어 살아갈까 생각하다 보면 시인으로 살아가는 일이 고마울 따름이다. 결국 소녀시절의 꿈이 내 문학의 첫 길을 열어준 셈이다.

내가 운명의 고비에 처했을 때,
그때마다 이겨낼 수 있도록 도와준 것은 시를 쓰는 일이었다.
시를 쓰는 동안만은 나는 내가 아닐 수 있었고
나를 잊을 수 있었다.

무엇을 쓴다는 것은
그것을 산다는 것이다

시인이 되기 전, 시공부할 때 내가 나 자신한테 다짐한 두 가지 말이 있다. 하나는 "그대는 삶을 사랑하는가. 그렇다면 인생을 낭비하지 마라. 시간은 삶을 만드는 자료니까"라고 말한 벤자민 프랭클린의 값진 말과 "시를 쓰지 않으면 살아 있는 이유를 찾지 못할 때 시를 쓰라"는 릴케의 준엄한 말이었다. 그 말을 디딤돌 삼아 시인이 된 지금은 "나는 시작(詩作)의 출발부터 시인을 포기했다. 시인이 없어졌을 때 시를 쓰기 시작했다"는 김수영의 말을 잊지 않는다. 시인이라는 것을 너무 의식하면 그것에 자만해서 오히려 시를 놓치고 말 것이기 때문이다.

누가 나더러 왜 시를 쓰느냐고 물으면 나는 주저 없이 '잘 살기 위해서'라고 대답한다. 잘 산다는 것은 시로써 나를 살린다는 뜻이다.

또 누가 나더러 시가 밥 먹여주냐고 하면, 나는 단호하게 '시는 정신의 밥'이라고 말한다. 쌀로 된 밥이 배를 부르게 한다면 시로 된 밥은 정신을 부르게 한다는 생각에서다. 한 구절의 시를 가슴에 넣고 하루를 너끈히 살아갈 때도 있고, 한 편의 시가 평생 가슴속을 채워 풍요롭게 살게 하기도 한다. 한 끼 밥은 굶어도 견딜 수 있지만 정신의 허기는 사람을 황폐하게 만든다. 시의 길이 밥의 길로 이어지지 않더라도 시로써 배부른 사람은 분명 있을 것이다.

티베트에 사는 어느 노스님이 겨울날 히말라야를 넘어 인도에 도착했을 때 놀란 사람들이 아무 장비도 없이 어떻게 그 험준한 산을 넘어왔느냐고 물었더니 "한 걸음 한 걸음 걸어서 왔지요"라고 담담하게 대답했다고 한다. 나는 그 한 걸음 한 걸음이 시인들이 꼭 기억해야 할 발걸음이라 생각한다. 시를 쓸 때마다 '한 걸음 한 걸음'을 잊지 않으려고 한다. 세상에서 가장 먼 여행이 나에게로 귀향하는 길이고, 세상에서 가장 먼 길이 머리에서 가슴까지 가는 길이라고 생각하기 때문이다. 나는 이 길이 시의 길이고 시인이 가야 할 길이라고 믿고 있다. 이처럼 문학(시)의 길은 가까운 듯 먼 길이다.

내 문학의 첫 길은 국민(초등)학교 사학년 때 시골 학교의 작문대회에서 뽑힌 내 동시를 보고 "너는 앞으로 시인이 될 거야"라고 하신 김한숙 선생님의 말씀 한 마디에서 시작되었다. 이렇듯 내 시의 뿌리는 유년시절에 깊이 닿아 있다. 그땐 시인이 어떤 사람인지 무엇을

하는 사람인지 몰랐지만 선생님이 말씀하신 사람이니까 훌륭한 사람
일 것이라는 생각에 이다음에 꼭 시인이 되어야겠다는 꿈을 꾸었다.
선생님의 칭찬 한 마디가 나를 꿈꾸게 했던 것이다. 그 꿈은 선생님
의 말씀을 들은 지 십오 년 만에 대학생 시인이 되면서 이루어졌다.
내가 대학 삼학년이던 1965년이었다.

　1965년에 박두진 선생님(대표작 「해야 솟아라」)의 추천으로 『현대
문학』을 통해 등단했다. 요즈음은 등단매체도 많고 1회 추천으로 끝
나지만 그땐 신춘문예와 『현대문학』밖에 없었고 3회 추천이 완료돼
야 비로소 시인이 되었다. 그래선지 60년대 『현대문학』으로 그 권위
가 대단해서 신춘문예에 당선된 시인도 『현대문학』으로 재등단하는
기이한 현상이 벌어지기도 했다. 60년대의 사회적 혼란과 불안 속에
서도 시인이 되려는 열망은 치열했고, 시인의 수는 지금보다 훨씬 적
었지만(특히 여성시인) 시에 대한 정신은 자신을 절단 낼 정도로 날을
세웠다. 시는 정신의 지문(指紋)이며, 시인 정신은 '공들이기'라는 것
을 안 것도 그때였고 어렵기 때문에 해볼 만한 것이라는 시에 대한
도전 정신을 기른 것도 그때였다. 시인이 되는 것은 첫 시작부터 힘
들고 어려워선지 '시인은 어렵게 살아야'라든가 '구도자의 자세로'라
는 말들이 실감났을 때였다.

　시인이 되기까지 나에게는 멘토가 된 세 분의 스승이 있다. 내 아
버지와 초등학교 때 담임선생님과 추천해준 선생님 세 분이다. 아버

지는 내가 글을 알기 전부터 고전을 들려주시고 시를 들려주셔서 문학에 대한 첫 귀를 열게 해준 스승이고 담임선생님은 내 재능을 발견해준 스승이며 또 한 분은 내 재능을 인정해준 스승이다. 이처럼 한 사람의 삶 뒤에는 영향을 준 누군가가 있다고 나는 믿는다. 마치 백화점 쇼윈도의 마네킹처럼 앞모습을 화려하게 살리기 위해 마네킹의 뒷면 여기저기에 수많은 시침핀이 꽂혀 있듯이, 한 사람의 일생 뒤에는 시침핀처럼 희생하고 헌신한 누군가가 있게 마련이다.

내 시의 첫 출발은 초등학교 사학년 때 쓴 동시 「연필」 「제비」 「동생」이고 나를 시인이 되게 해준 첫 시는(등단작) 「정원 한 때」 「아침」 「화음」이다. 대학생 시인이 된 그때부터 지금까지 시인으로 산 지 올해로 오십 년이 되었다. 시의 나이 지천명(知天命)이 된 셈이다. 사람의 나이 오십이면 하늘의 뜻을 알고, 무엇을 해야 할지 아는 나이라고 한다. 그러나 시에는 나이가 없다. 언제나 미지(未知)가 있을 뿐이다. 알 수 없는 무엇을 향해 나아가는 것이다. 새로움과 발견은 시인에게 늘 미지의 가치다.

지금도 원고지를 대하면, 원고지 사각형의 모서리가 절벽처럼 느껴져서 거기에서 떨어지지 않으려고 안간힘 쓸 때가 있다. 그때의 그 절박하고 절실한 마음이 시를 쓰게 하고 시인으로 살아가게 하는 것 같다. 그럴 때마다 나는 시인 말라르메가 시인으로 살아가는 삶의 고통을 '백지의 공포'라고 고백했던 말을 떠올리며 깊이 공감한다. 진정한 시는 고통을 최소 조건으로 삼는다는 말도 기억한다. '백지의 공포'의 백지는 원고지를 말한다.

공포를 느끼면서도 시의 끈을 놓지 않고 시인으로 살아가는 것은 시를 쓰지 않으면 살아 있는 이유를 찾지 못하기 때문이다. 적어도 나는 그렇다. 내가 시인으로 산다는 것은 이 세상에서 가장 죄 없는 사람이 시인이라는 말을 믿고 싶은 것 말고도 '가짜 시인은 언제나 타자의 이름으로 자기 자신에 대해 쓰지만, 진짜 시인은 자기 자신한 테 말할 때도 타자와 이야기한다'던 옥타비오 파스의 말을 잊지 않고 사는 것이다. '단순한 생활과 깊은 생각을 하며 사는 것'이라던 워즈 워스의 말과 '바람이 분다. 살아봐야겠다'던 발레리의 말을 좌우명으 로 삼으면서 사는 것이라고 생각한다.

지금도 가끔 소재의 고갈, 표현의 고갈, 리듬의 고갈, 영감의 고갈 이 나를 짓누를 때, 염전 사람들이 소금이 결장지 바닥에 엉키는 사 태를 '소금이 온다'라고 하는 말을 떠올리며 내면의 가장 깊은 곳에 서 소금이 오는 것처럼 '시가 온다'라고 스스로에게 말을 걸어본다. 말을 걸면서 그것이 내가 나 자신에게 줄 수 있는 가장 값진 선물이 되었으면 좋겠다는 생각을 해본다. 그것처럼 시를 위한 격려는 없을 것이다.

우리가 실제로 말하고 있는 삼천여 개 언어 가운데 문학이 가진 언어는 칠십팔 개에 불과하다고 한다. 그 불과한 언어로 시인들은 보석을 만들어내면서 언어에 봉사한다. 때때로 매너리즘에 빠지거나 정신이 해이해져 시가 잘 되지 않거나 시가 반복될 때 나는 다른 방법으로 '창조의 파괴'를 한다. 창조의 파괴란 파괴함으로써 창조해내는 정신을 말한다. 창조에도 파괴가 있어야 하고 시에도 시의 위기 시의 죽음이 있어야 다시 태어날 수 있다고 생각한다.

시인이 시인답게 살려면 시 쓰기에 절차탁마가 따라야 한다. 시에 몰두하고 갈고 닦느라 몸이 마를 정도가 되어야 한다는 것이다. 그래서 시인으로 산다는 것은 '시간에 맞서는 정신의 긴 투쟁'이라 했을 것이다. 시인으로 잘 산다는 것은 내 경우에는 시로써 나를 살린다는 뜻이다. 어떤 일을 해도 시만큼 나를 살려주는 것은 없을 것 같다.

이처럼 일생을 내가 좋아하는 시와 함께 살 수 있다는 것이 트리핑 포인트(Tripping point)가 될 수 있어서 다행일 따름이다. 트리핑 포인트란 인생을 살다가 엉덩방아를 찧으면서 퍼뜩, 실수한 것을 깨닫는 순간을 말한다. 나는 그런 순간을 계기로 삼아 시의 고지로 나아갈 수 있었다.

눈 밑에도 봄이 와 있듯이, 고통 속에도 이미 기쁨이 와 있다고 믿고 이겨내는 것 그것이 참 인간의 길이며 시인의 길이라 생각하면서 어떤 고난도 이겨낼 수 있었다.

시가, 시인이 살아내야 할 것은 찬란한 삶이 아니라 중요한 삶이다. 나는 누구인가? 라고 물을 때 시인에게 그 물음은 나는 어떻게 살

고 있는가? 와 연관된다. 결국 자기 자신을 찾아가는 것이 가장 중요
한 시 쓰기의 귀향일 것이다. 그러므로 무엇을 쓴다는 것은 그것을
산다는 것이다.

왜 그런가요?

"삶 속에는 왜 그런가요? 라고 물을 수 없는 것들이 있다." 나는 언제부턴가 이 말을 붙잡고 놓아주지 않는다. 그 말이 마치 구명줄이라도 되는 것처럼 매달리고 삶에 대해 겁먹은 사람처럼 그 말에 자꾸 의지한다. 네 번째 시집 『마음의 수수밭』 후기에도 썼고 시에서도 썼다. 앞으로도 이 말을 많이 쓰게 될 것 같은 예감이다. '그게 그렇다'고 대답할 수 있는 삶이 없을 것이기 때문이다. 그러나 살다 보면 걸어가는 길 어디쯤에 고달픈 한 몸이 쉴 집 한 채 나타날 것이라고 나는 믿는다. 믿지만 나는 그 집을 몰래 지나친다. 지나친 집, 그것이 내 작품 속에 얼비친 사랑의 모습이다. 그럼에도 그것은 놀라운 힘을 가지고 있다.

생(生)을 환하게 하고 푸른 것들을 보게 하고, 동해를 보여주고, 직소폭포에 들게 한다. 때론 상처까지도 아물게 하는 힘, 그 힘이 어둠을 뚫게 하고 길 위를 서성거리게 한다. 그리고 멀리 떠나게 하고 길찾기를 하게 한다. 길 찾기가 내게는 다름 아닌 사랑에 대한 확신이다. 내 작품 속의 그것은 어딘가 조금 구겨져 있고 누구에겐가 친화하지 못하고 있다. 그러나 나는 끊임없이 길 찾기에 많은 시간을 보낸다. 길찾기란 내게 있어서 불화의 세계에서 친화의 세계로 나아가는 도정이다. 친화의 세계에는 사랑이 있다. 나는 다만 사랑이라는 막연한 가설이나 기억의 온기를 안고 살아가려고 할 뿐이다. 그러나 그 온기 하나가 그 사람의 그 시절을 견뎌내게 한다.

나는 때때로 사랑에 대해 쓰려고 할 때마다 '개기 일식의 사랑'을 생각하게 된다. 해가 달에 완전히 가려져 하나가 되는 사랑. 그런 사랑을 생각해보지만 이 세상 어디에 그런 사랑이 있을까. 사랑이 진리로 돌아가는 유일한 길이 되기는 쉽지 않을 것 같다. 그래서 나는 내 작품 속에 사랑을 함부로 들이밀지 않는다. 내 생에서 가장 환했던 때는 사랑이 있던 그 시절이라고도 말하지 않는다. 머물렀던 자리를 물끄러미 바라볼 뿐이다.

첫 산문집 『무소의 뿔처럼 혼자서 가라』의 책머리에 나는 이렇게 썼다. "절망을 지우기 위해 사랑하려 했지만 그 절망 두 배로 늘리고 빛나는 삶 하나, 갖기 위해 시를 썼지만 그 고통도 배로 늘렸습니다. 세상에서 가장 아름답게 타오르는 것이 사랑이라 하지만, 세상에서 가장 고통스럽게 쓰러지는 것도 사랑이었습니다. 이 치유할 수 없는 병에 시달리면서 나는 오늘도 남루해집니다. 속에는 허명의 껍질을 뚫고 뿌리로 내려가는 진실이 있습니다. 진실을 찾기 위해 나는 얼마나 여러 번 피의 여로를 거쳐왔을까요? 아무것도 가진 것 없이 오직 혼자서 고통으로 삶을 품을 수 있다면 그것은 인간적인 어떤 것도 극복할 수 있는 힘입니다……."

삶 속에는 왜 그런가요? 라고 물을 수 없는 것들이 있기에, 나는 이제 몸속에 말아넣은 캄캄한 절벽을 꺼내버리고 둥글고 환한 수궁 같은 사랑을 쓸 것이다. 오늘 해가 저물었다고 길이 끝나는 것은 아니니까, 버려도 버려지지 않는 무한이라는 세계가 있으니까. 왜 그런가요? 라는 질문을 계속하다 「왜요?」라는 시 한 편을 얻었다.

강변역이 강변에 있지 않고
학여울역에 여울이 없다니요?
물까마귀는 까마귀가 아니고 물새라니요?
섬개개비는 산새이면서 섬에서 살다니요?
송사리는 웅덩이에서 일생을 마치고
무소새는 평생 제 집이 없다니요?
질경이는 뿌리로 견디고
가마우지는 절벽에서 견디다니요?
푸른 소나무도 낙엽지고

더러운 늪에서도 꽃이 피다니요?
인생이란 느끼는 자에게는 비극이고
생각하는 자에게는 희극이라니요?
필연적인 것만이 무겁고
무게가 있는 것만이 가치가 있다니요?

사자별자리, 오늘밤
하늘에 봄이 왔음을 알립니다
회신 바랍니다 이만 총총

—「왜요?」 전문

어머니는 영혼으로 짓는 절

내가 열아홉 살이던 여고 삼학년 어느 날 어머니는 당신이 열아홉 살 되던 해에 아버지에게 시집왔다고 말씀하시면서 조용히 웃으셨다. 열아홉 살? 내 나이에 벌써? 나는 너무 놀랍고 생소했다. 어머니의 처녀시절을 단 한 번도 생각해보지 않았던 나는 그때에야 내 어머니에게도 꽃다운 시절이 있었구나 싶어서 가슴이 메었다.

어머니 나이 마흔하나에 태어난 막내인 나는 어머니의 젊은 얼굴을 본 적이 없어서 더욱 그랬다. 일곱이나 되는 자식 뒷바라지에 당신은 언제나 뒷전으로 물러앉던 어머니였기에, 어머니는 다른 시절도 없이 그냥 어머니로만 있는 줄 알았다. 그랬는데 내 어머니에게도 어린시절이 있었고 꽃 피는 처녀 시절이 있었다니…… 마치 내가 어머니의 소중한 시절을 빼앗기라도 한 것처럼 미안했고 한편으론 슬

폈다.

종갓집 맏며느리인 어머니는 맏며느리답게 후덕하고 마음 씀씀이가 큰 분이었다. 법 없이도 살 사람이라는 말을 제일 많이 들을 정도로 누구를 대하든 차별 없이 따뜻했고 남의 일도 내 일처럼 살피던 분이었다.

시부모님 봉양은 물론 남편한테 극진해서 동네 사람들이 모두 열녀상을 주어야 한다고 할 정도로 배려 깊은 분이기도 했다.

생각해보면 어머니는 우리 일곱 남매한테 매 한 번 들지 않고 나쁜 말 한 번 하지 않고, 소리 한 번 지르지 않고도 바른 사람이 되게 해주신 최초의 스승이 아니었나 싶다. 우리가 잘못했을 때에도 야단치시는 것보다 "사람이 되어야지" 하시며 조용히 타이르셨다. 내가 자랄 때 제일 많이 듣던 말이 "사람이 되어야지"였다. 그땐 그 말인 지겹기도 했는데 지금은 그 말이 금언(金言)처럼 생각된다. 유년시절에 듣던 말 한 마디가 인생을 좌우할 수도 있다는 말을 나는 믿는다. "유년시절은 존재의 우물"이라는 바슐라르의 말은 정말 옳았다. 유년의 기억은 퍼내어도 퍼내어도 마르지 않는 상상력의 샘인 것 같다. 그 기억이 어떤 것이든, "그것이 나쁘든 좋든, 불행하든 행복하든 어떤 온기나 물기를 지니고 있다"는 말도 옳은 말이다.

나는 어머니를 통해 자랐다. 어머니가 벽이 되어줄 때 그것은 내 시를 세울 수 있는 벽이 되어주었고 내가 방황할 때 돌아와 디딜 수 있는 땅이 되어주었으며 어머니가 햇볕이 되어줄 때 내 추운 영혼의 그늘을 덮는 따뜻함이 되어주었다.

내가 초등학교를 다닐 무렵(50년대)엔 동네뿐 아니라 나라 전체가 가난할 정도로 척박했던 시대였다. 전쟁의 피해와 부정부패로 몸살을 앓던 시절이었다. 하루 세 끼를 먹는 사람이 많지 않았고, 거지와 나환자들이 날마다 대문 앞에 줄을 서던 때이기도 했다. 기린의 가파른 등에 매달려 진드기를 빨아먹고 사는 아프리카의 노랑부리할미새처럼 얻어먹고 사는 거지들이 너무나 많았다.

어머니는 가난하고 소외된 사람들을 불쌍히 여겨, 있는 것 다 챙겨서 배불리 먹이곤 했다. 못 사는 사람들이나 말 못 하는 짐승들을 하대하면 죄를 받는다면서, 거지들에게 밥을 줄 때에도 밥그릇을 땅바닥에 내려놓지 않고 항상 상에다 차려서 손님 대접하듯 했다. 또 가난한 이웃에게 먹을 것, 입을 것을 갖다 줄 때는 꼭 나를 시켰다. 나는 너무 신이 나서 갖다 주고 돌아와선 "엄마, 더 갖다 줄 것 없어예……" 했다고 한다. 너무 옛날 일이라 나는 잊어버렸지만 어머니는 늘 그때 이야기를 하셨다. 그것은 아마도 고생을 모르고 자란 내가 교만해질까 염려해서 산교육을 시킨 것일 게다.

사대(四代)가 함께 살아, 우리집 식구 말고도 군식구끼리 날마다 스무 명이 넘게 북적거려도 싫은 내색 한 번 안 하시던 어머니였다. 사람 사는 집에는 사람이 와야 그 집이 잘 된다거나, 콩 한 개라도 나

뉘먹어야 복 받는다는 말로 그 어려움을 넘기시곤 했다. 그 어머니의 그 딸이라는데 나는 아직도 어머니의 반만큼도 따르지 못한다. 그러나 분명한 것은 사랑을 나누어주는 법과 사랑을 받아들이는 법을 내 어머니에게서 배웠다는 사실이다.

어머니를 생각하면 참으로 인고의 세월을 사신 분이란 생각이 날이 갈수록 더 깊어진다. 내가 아무리 어려운 시의 길을 걸어왔다 해도 어머니의 길에 어찌 비할 수 있을까. 세상에는 '어머니'란 말처럼 속 깊은 눈물 흘리게 하는 말은 없을 것이다. 일상에 길들여진 정신에서는 새로운 좋은 시가 태어날 수 없지만, 어머니에 길들여진 마음에는 어떤 재미와도 바꿀 수 없는 축복과 삶의 누추함을 뛰어넘는 힘이 태어난다.

시가 언어로 짓는 사원이라면 어머니는 내 영혼으로 짓는 절이다. 그래서 나는 어머니를 생각할 때마다 그리움 앞에서 무릎을 꿇게 된다.

시인은 시를 천직으로 삼지만 시에는 왕도도 없고 시의 자리에는 임자가 없다. 시의 자리는 시를 잘 쓰는 사람의 자리다. 그러나 자식 교육을 천직으로 삼는 어머니의 자리에는 오직 어머니밖에 없다. 시로써 어머니를 쓸 수는 있지만 시를 잘 쓰는 사람도 어머니의 자리를 차지할 수는 없다.

어머니는 세월이 흘러도 시대가 바뀌어도 자식에게 감동을 주는 불멸의 명작이다. 어머니 세상 떠난 지 오십 년이 되었어도 나는 지금도 어머니에게서 희망의 전파를 받는다.

내가 잘못을 저질렀을 때도 "괜찮다 괜찮다" 하고 내가 실의에 빠졌을 때, "너는 잘할 수 있다. 너는 잘할 수 있다" 하고 세상 가팔라서 못 살겠다고 하면 "내 딸이 시인인데, 내 딸이 시인인데 누가 뭐라카노?" 하신다. 그러면서 어머니는 내 마음속에 영감의 수신탑을 세워주신다. 나는 어머니가 세워주신 영감의 수신탑에서 희망의 전파를 받으면서, 세월이 흘러도 나이를 먹어도 사람들을 감동시키는 시를 쓸 것이다.

그래도 희미한 그믐달을 보면, 자식 때문에 가슴이 다 닳았던 내 어머니인 것만 같고, 만월의 채 반도 못 산 그믐달이 달무리진 내 어머니인 것만 같다.

어머니를 생각하며 쓴 「그믐달」은 내 시 중에서도 가장 짧은 시간에 쓰인 것이다. 이 시는 삼십 분 만에 얻어진 시인데 내가 아끼는 시 가운데 하나이다. 오랫동안 익어 향기를 내는 포도주처럼 어머니도 내 가슴속에서 가장 오래 살아 있는 향기로 시가 되어 나에게로 다시 왔던 것이 아닐까 생각한다.

어머니에 대한 시는 「그믐달」 한 편뿐이다. 내 어머니가 나에게 한 분뿐이듯이.

시가 언어로 짓는 사원이라면
어머니는 내 영혼으로 짓는 절이다.
그래서 나는 어머니를 생각할 때마다
그리움 앞에서 무릎을 꿇게 된다.

달이 팽나무에 걸렸다

어머니 가슴에
내가 걸렸다

내 그리운 山번지
따오기 날아가고

세상의 모든 딸들 못 본 척
어머니 검게 탄 속으로 흘러갔다

달아 달아
가슴 닳아
만월의 채 반도 못 산
달무리진 어머니

—「그믐달」 전문

청춘의 기간은 길지 않다

"……한 그루 굴참나무 고목 아래서 한 권의 책을 읽고 있었다"로 시작되는 『말테의 수기』처럼 나도 한 권의 책 아래서 내 청소년 시절이 시작되었다. 잘못된 길이 새 지도를 만들고, 태어나려는 자는 하나의 세계를 깨뜨려야 한다는 말을 생의 지표로 삼았던 그 시절. 그 지표 못지않게 마음의 변화를 일으키게 해준 책들을 생각해본다.

나는 내 인생의 책 한 권을 내가 좋아하는 소나무 한 그루처럼 생각했다. 내 인생은 한 번뿐이지만 책은 내 인생을 여러 번 바꾸는 것 같다. 그중에서도 내 인생을 바꿀 만큼 나를 나무같이 성숙시킨 책은 쿠라타 하쿠조오의 『사랑과 인식의 출발』이다.

헤르만 헤세의 『데미안』과 뮐러의 『독일인의 사랑』에 내 영혼이 사로잡힌 뒤로, 내 청춘을 생각하면서 보내게 했던 책이면서 생명의 근본은 사랑이라는 것을 처음 알게 해준 잊지 못할 책이다.

"새는 알에서 나오려고 한다. 알은 새의 세계다. 태어나려는 자는 하나의 세계를 파괴하지 않으면 안 된다……"라는 『데미안』의 한 구절과 "어린시절이란 신비와 비밀을 지니고 있다"로 시작해서 "나의 사랑이 가슴에 살아나서 지금도 나를 신비하고 깊은 눈으로 바라보는 아름다운 존재에게 흘러가게 하는 것이다. 그리하여 나의 회상은 이 유한하고 무한한 불가해한 사랑의 미로 앞에서 입을 봉하게 되는 것이다"로 끝나는 『독일인의 사랑』의 한 구절은 청소년 시절의 내 심장을 무섭게 두근거리게 했다. 첫사랑 같은 구절이라 해도 될 것 같다. 그 구절들이 내 영혼을 사로잡았고 내 인식을 바꿔놓은 것처럼 『사랑과 인식의 출발』의 한 구절도 젊은 날 알 수 없는 나의 방황을 잠재워주고 내 중심을 잡게 해주었다. "청춘 시절에는 청춘의 옷을 입어야 한다"라는 구절과 "청춘의 기간은 길지 않다"라는 구절이었다.

이 책은 작가가 십대 후반에서 이십대 초반에 쓴 영혼의 자서전이다. 작가 자신의 쓰라린 체험서이고 청춘의 뼈아픈 고백서이며 빛나는 정신의 기록이다. 나는 이 책을 읽느라 며칠 밤을 새웠고 책을 읽는 동안 몇 번이나 감동의 눈물을 흘렸다. 그때를 생각하면 지금도 가슴이 벅차고 두근거린다. 내 가슴이 벅찬 것은 책의 내용만이 아니다. 내가 그를 좋아한 것은, 그가 나처럼 몸이 약했다는 것과 산을 무척 좋아했고 시도 썼으며 또 술도 좋아했다는 사실이다. 「늪이 있는 숲」이라는 시도 있다. 그도 나처럼 자연에서 많은 위로를 받았던 모양이다.

젊은 날, 사랑의 깊은 상처와 슬픔을 타인에게 호소할 마음이 없을 때 자연이 무엇보다 위로가 된다고 그는 말하고 있다. "내가 인간의 사랑을 구하고 있을 때에는 그토록 냉담하게 보이던 자연이 내가 인간의 사랑을 단념한 뒤로 어째서 이렇게 가깝고 달콤한 것이 되었는지 이상한 감정이 든다"고 말한 대목에서는 가슴이 다 먹먹했다. 그의 경험이 곧 내 경험이었기 때문이다.

때늦은 후회도 깊은 반성도 없는 이 시대에 이 책이야말로 반성과 후회와 불감증을 치유할 책이지 싶다. 이 책은 젊은이의 지침서라 할 정도로 청춘 시절을 생각하고 질문해야 할 중요한 문제들을 적고 있다. 그런 점에서 이 책은 두 가지 의미를 갖는다. 하나는 작가의 청춘 시절의 기념비라는 점과 다른 하나는 젊은이들에게 주는 청춘의 지표라는 점이다.

청춘 시절의 진실한 사랑과 순수한 열정, 도전정신에 대해 가장 본질적으로 사고하는 방법을 가르치고 있어서 젊은이들의 가슴을 두근거리게 하는 것 같다. 사랑하는 사람의 심장 무게는 두근두근 합해서 네 근이라는데 이 책도 그런 무게를 가지고 있기 때문일 것이다.

작가는 이 책에서 자신이 잘못 간 길을 반복하지 말기를 경고하면서 소중한 청춘을 낭비하지 않기를 간절히 당부하고 있다. 청춘을 신고 가는 책 속에는 사랑과 인식의 물결이 파도치고 있고 사랑은 인식을 통해서 승화해야 하며 인식의 궁극적 목적이 곧 사랑의 마지막 목적이라는 것을 외치고 있다.

"사랑하기 위해서는 알아야만 하고 알기 위해서는 사랑해야만 한다"라는 작가의 말은 한동안 나를 먹먹하게 했다.

본래의 자기 모습을 잃지 않으려고 애쓴 한 작가의 고뇌를 내 고뇌로 생각하며 청춘을 구가하던 시절, 그 책으로 나는 마침내 생명의 근본은 사랑이라는 것에 대해서도 희망을 간직하게 되었다.

낙타처럼

　낙타는 멀고도 막막한 사막길을 묵묵히 걸어간다. 다른 짐승들처럼 울부짖지도 않고 뛰는 법도 없이, 오직 앞만 보고 걸어갈 뿐이다. 가다가 오아시스를 만나면 물을 마시고 오아시스가 없으면 없는 대로 견딘다. 등에 붙은 혹 모양의 육봉은 마치 순탄하지 못한, 사막을 걸어가야 할 운명을 예감한 것처럼 비극적으로 보인다. 평생 등짐을 내려놓지 못하고 고통을 감수하는 낙타의 눈은 언제나 젖어 있다.

　메마른 사막에서 젖어드는 것은 낙타의 눈뿐이다. 그래서 낙타는 따로 울지 않는다고 한다.

　평생 사막을 통과해 가야 하는 막막한 길이 낙타의 운명이라고 간단히 말하기란 너무 가벼운 말인 것 같다.

　나는 어려운 일이 있을 때마다 낙타를 생각했다. 사막의 길을 터벅터벅 걸어가는 낙타에게서 어이없게도 나는 내 고독과 내가 걸어가야 할 길을 보았다. 그러나 사막은 황량한 모랫길만이 아니었다. 그 속에는 오아시스를 감추고 있었고 선인장은 꽃을 피웠다. 사막은 내 의지였고 낙타는 내 고행이었다. 고등학교 졸업 무렵 원인도 모르는 병을 앓던 나는, 졸업하고 몇 년이 지나도록 대학에 진학하지 못했다. 그때 그 시간은 낙타가 걸어가는 사막의 길처럼 내겐 고통스런 시간이었다. 원인도 모르는 병 때문에 아무것도 할 수 없는 그 시간들을 나로선 감당할 수가 없었다. 견딘다는 것이 고통이라는 것을 그때 처음 알았다.

　"막막한 사막을 한 걸음 한 걸음 걸어가는 낙타의 길은 고행이며 그 고행을 견딤으로써 낙타는 사막을 벗어나게 되는 것이다. 사막을 벗어나지만 다시 또 사막으로 돌아가는 것, 그 과정이 낙타의 일생이다. 낙타가 고행의 상징이 되는 것은 그 속에 인내를 숨기고 있기 때문일 것이다." 나는 이 말을 오아시스처럼 품고 힘든 시간들을 견뎌냈다. 나는 투병 끝에 다시 대학 입시 공부를 시작했다. 새벽부터 도서관에서 학원으로 쉴 틈 없이 공부에만 열중했다. 졸업한 지 몇 년이 지나선지, 수학공식도 역사 연대도 잘 생각나지 않아 처음에는 사막에 던져진 것처럼 막막했다. 그러나 나는 낙타처럼 묵묵히 한 걸음 한 걸음 입시를 향해 나아갔다.

　각성제를 먹으면서 잠을 줄였고 칠 개월 공부 끝에 국가고시를 치렀다. 내 친구들이 대학을 졸업할 나이에 나는 시험을 치르는 수험생이었다. 그때의 심정은 낙타가 무거운 짐을 지고 날이 저물도록 사막을 걸어가는 것 같았다. 그러나 나에겐 찾아야 할 오아시스가 있었다.

칠 개월의 지독한 공부 끝에 나는 대학 국가고시에 합격했다. 그때의 경쟁률은 8대 1이었고, 1962년 처음으로 치른 국가고시였다. 지금 같지는 않지만 그 당시로선 치열한 경쟁률이었다. 그때의 기쁨은 사막에서 낙타가 오아시스를 찾았을 때의 기쁨 같았다.

국가고시를 치른 뒤에 자기가 원하는 대학의 본고사를 통과해야 대학생이 되던 시절, 나는 사막을 통과한 낙타처럼 두 시험에 모두 합격하고 비로소 내 고독한 사막의 길을 벗어날 수 있었다. 그 벗어난 길이 내가 춤출 수 있는 작은 나의 혁명이었다. 나는 어느덧 이화여대 국문학과의 학생이 되어 세상에서 가장 아름다운 단어를 중얼거려보았다. 어머니, 열정, 미소 그리고 사랑!

가벼운 것에 대한 생각

세 번 생각하고 한 번 말하면 실수가 없다는데, 나는 열 번을 생각하고 한 번쯤 말하는데도 실수가 많으니 나는 아직도 철들지 않은, 철들고 싶지 않은 시인인가보다. 영원히 철들지 않고 가볍게 살고 싶지만 그건 아예 그른 것 같다. 영혼을 가진다는 것은 비밀을 갖는 것을 의미한다고 하니 결코 가벼워질 수는 없을 것이다.

"저런 데도 새가 앉네요. 하긴 새는 가벼우니까 그래요. 몸도 영혼도 가벼우니까." "바람도 가벼운 걸 보면 바람엔 몸이 없는 것이 분명해. 바람같이 나도 몸이 없이 영혼만 푸르게 살았음 좋겠어." 지배받는 육체가 아닌 자유로운 영혼을 갈망했던 나는 모든 가벼운 것들이 새삼 좋았다. 나는 몽상가인지도 모른다.

"너, 내 빈 곳을 알아차렸니? 제발 날 그냥 내버려 둬. 나는 날 용

서할 수 없어. 저 공포의 시간들을 견디게 해다오. 나와 아무런 의논
도 없이 홀로 있던 시간을 용서하지 말아다오.""네가 나를 잃어도
내가 너를 잊지 않을 거야." 이런 유의 낙서들이 가볍지 않게 노트에
적혀 있었다.

"나는 너의 있지도 않은 존재 위에 누워 있다.""이봐, 바람에도
눈이 있을까? 왜 한 곳을 불어가니? 바람의 눈물을 보고 싶어.""너,
세월이 아프다고 그랬니? 서울에선 사람마저도 사각형의 자물통 모
양을 하고 있다고 누가 그랬어.""나는 세상을 제대로 읽고 쓴 바가
없어. 그건 더 어두운 혼돈이었어.""환멸은 길고 매혹은 짧은 거지."
두서없이 누군가를 향해 쓴 듯한 글들도 결코 가볍지 못했다. 자신에
관해 설명할 수 있는 온당한 기회를 못 가진 자의 토로 정도라고나
해야 할까. 어디를 가든 어디에서나 사람의 이야기, 남녀의 이야기가
언제나 화제였고 언제나 문제였다. 시인도 예외는 아니었다.

"반딧불 수컷은 태어나자마자 꽁지에 불을 뿜으며 날아다닌대. 암
컷은 불빛을 내며 수컷을 유혹해서 교미를 한다는군. 교미한 뒤에 가
엾게도 수컷은 바로 죽는대. 암컷도 산란 후 일주일 만에 죽기 때문
에 반딧불이를 볼 수 있는 기간은 십여 일 정도에 불과하다는구먼."
알고 보면 모든 미물의 삶도 처절하고 처연했다. 짧은 동안이지만 한
여름 밤을 너무나 아름답게 빛내주는 반딧불이! 최후를 아름답게 장
식하다 죽는 미물들이 장하게 생각되었다. 그런데, 미물의 짧은 생은

과연 가벼울 수 있을까.

"여긴 하얗기만 하고 색깔이 없어요. 하얀 색도 색깔이야. 꿈에선 보이고 깨면 잊어버리는 색깔." "허공이 제일 가볍겠네. 아무것도 없으니까." "하루를 살다 죽는 하루살이는 어떨까? 하루의 삶이라고 가볍기만 할까? 하루살이도 하루를 살다 죽지만, 하루살이가 되기 위해 스무 번도 더 넘게 허물을 벗는다고 하니까 가볍지만은 않을 거야. 그렇지만 하루가 하루살이의 일생이긴 하지만 몇 십 년 보다 어떻게 더 무겁겠어." "재(灰)도 무척 가벼울 거야. 불탄 뒤의 모든 것은 가벼울 테지. 사랑도 불타고 난 뒤에는 가벼울까 과연? 아니야. 상처는 지독히 무거운 것이지."

"날아다닌다고 다 가벼운 것일까? 비행기 말고 나는 것들은 다 가벼우니까. 하지만 몸이 있으니까 바람보다는 무거울 테지." "연기도 가볍겠지. 날아가버리니까. 몸이 없으니까." "꿈이야말로 가벼운 것이야. 깨고 나면 아무것도 없으니까." "이 세상에서 가장 무거운 것은 아마 죄일 거야. 죄를 짓고는 가볍게 살 수 없으니까." "자존심도 무거울 거야. 팔아먹고는 마음이 가볍지 못할 테니까."

아무리 가벼운 것에 대해 생각을 한다 해도 생각은 역시 시인에게는 삶을 깨닫게 하는 무거움일 수밖에 없다는 것을 날이 갈수록 더 느낀다.

사랑은 잔인한 경험

어둠이 깃드는 숲에 발걸음을 멈추고 서 있으면
기척도 없이 안개가 숨어든다는 생각이 든다

나무의 몸에 가만히 귀를 대보면
작년의 바람소리 거기 박혀 있다는 생각이 든다

바람 속에 얼굴을 묻고 있으면
함께 한다고 같이 가는 것은 아니란 생각이 든다
영산홍 붉은 꽃은 지옥에 가닿는다고
꽃밭에 눈부셔하며 누가 말했다는 생각이 든다

지옥까지 가겠노라고
빛의 소리와 어둠의 끝까지 가겠노라고
누가 대답했을 것이란 생각이 든다

내가 끝없는 잠에 들었던 사이
정오의 태양이 이우는 사이
이백 년의 세월은 재처럼 내려앉았다는 생각이 든다

벌과 꽃이 난감한 밤에
그가 죽었다는 생각이 든다

봄밤은 무서운 시간이란 생각이 든다

—「무서운 시간」 전문

어디를 가든지 나는 책 한 권을 가방 속에 꼭 넣고 다닌다. 목적지
까지 가는 데 시간이 많이 걸리거나 기다리는 시간이 지루할 때 책은
탈출구의 필수품이 된다. 얼마 전 여수를 갈 때는 파스칼 키냐르의
『은밀한 생』이 긴 시간의 탈출구가 되어주었다. 나는 언제 어느 때든
기회만 있으면 책을 읽는다.

"모든 언어는 버려진 소라 껍데기다. 소라게들은 계속해서 집게발을 더 구부리려 한다. 그들은 틀어박혀서 산다. 움츠린다. 닫아걸고 살기는 열어놓고 살기보다 한결 더 강렬한 삶이다." 파스칼 키냐르가 『은밀한 생』에서 쓴 한 대목이다. 나는 이 책을 쓴 키냐르가 영화 〈세상의 모든 아침〉의 원작자라는 것을 알고 무척 놀랐다. 내가 본 최근의 영화 중에 〈죽은 시인의 사회〉와 함께 가장 감동한 영화였기 때문이다.

단 하나의 육체와도 같은 책을 쓰고 싶다는 욕망에 사로잡혀 썼다는 『은밀한 생』을 평자들은 스탕달의 『연애론』 이후, 사랑에 대한 가장 독창적인 담론이라고 격찬했다. 그 격찬이 결코 과장이 아니란 것을 책을 읽은 뒤에 더 느꼈다. 그러나 그 격찬보다 더 내가 놀란 것은 사랑에 대해서는 누구보다 독창적인 담론을 내어놓는 그가, 어떤 사랑의 의미도 이 지상에선 해독될 수 없다고 한 점이다. 자아의 어떤 것도 자아에 남아 있지 않다는 바로 그 점이 가슴을 미어지게 하고 무엇보다 우리를 아프게 한다면서 사랑은 새로운 경험이 아니라 잔인한 경험이라고 말한 것이다.

사랑은 새로운 경험이라고 생각했던 내게 사랑은 잔인한 경험이라는 말은 충격적이었다. 충격이 공감으로 바뀌면서 나는 사랑에 대한 새로운 그의 발견에 놀랐던 것이다. 그랬다. 사랑은 새로운 경험이 아니라 잔인한 경험이었다. 키냐르는 평소에 사랑하다와 독서하다, 음악을 하다를 동일어로 생각한다고 했다. 그래선지 책을 읽는 내내 그의 글 속에는 사상이나 지식, 삶과 소설이 은밀히 함께 살고 있다는 느낌을 받았다. 그는 자신이 적중시킨 것으로부터 자신을 피할 수 없는 작가인 것 같다. 『은밀한 생』을 읽고 난 뒤, 사랑이 잔인한 경험이라고 생각할 때면, 파스테르나크의 사랑이 기억나곤 한다.

『닥터 지바고』의 작가 보리스 파스테르나크는 이 소설을 쓰기 전 1946년에 모스크바의 한 문학행사에서 이빈스키야라는 여성을 만나게 된다. 그녀를 사랑하게 되면서 파스테르나크는 그녀를 모델로 『닥터 지바고』를 썼다. 이 소설에서 주인공의 연인인 라라의 지순하고 용감한 모습은 이빈스키야를 그대로 묘사한 것이라고 한다. 그러나 이 소설은 사회주의 소련 사회를 모략했다는 이유로 출판이 금지되고 이빈스키야는 감옥에 갇힌다. 파스테르나크의 애인인 이빈스키야를 고문해서 파스테르나크의 첩자행위를 밝혀내기 위한 것이었다. 그녀는 심한 고문을 당했지만 그를 위해 끝까지 입을 열지 않았다고 한다. 감옥에 갇힌 지 사 년 만에 사면조치로 잠시 풀려났지만 이빈스키야의 앞에는 암에 걸려 죽어가는 파스테르나크가 있을 뿐이었다. 만신창이가 된 그녀의 극진한 간호에도 불구하고 그는 죽고 만다. 그녀가 완전 석방이 되어 파스테르나크의 무덤 앞에서 통곡했을 때 그녀의 나이는 오십이었고 그녀에게 남은 것은 늙은 몸과 상처뿐이었다. 그러나 그녀의 지순한 사랑은 늙지 않고 사람들의 마음속에 생생하게 살아 있다.

소련이 개방되던 1990년 2월 5일, 문학기행으로 소련을 여행한
적이 있다. 그때 파스테르나크의 별장에 갔었는데 그곳에서 나는 또
이빈스키야를 생각했다. 그 별장은 국가에서 작가를 위해 제공한 집
필실이었는데 파스테르나크는 그곳에서 『닥터 지바고』를 썼다고 한
다. 지금은 기념관이 되어 관광객들이 잠시 들렀다 가는 곳이지만,
그곳이 불멸의 명작을 남긴 작가의 산실이었다는 것에 나는 깊은 감
회를 느꼈다. 별장 앞에는 키 큰 자작나무들이 곧게 서 있었고 설원
이 끝도 없이 펼쳐져 있었다. 끝도 없는 설원을 바라보면서 끝도 없
이 막막했을 그들의 사랑을 생각했다. 그날도 눈이 내렸는데, 내 눈
에도 눈(雪)인지 눈물인지 차올랐다.

영화 〈닥터 지바고〉에서 지바고가 애인 라라를 찾아 달리던 설원
이 바로 그곳이라서 더 그랬던 것 같다. 그 설원 속에 파스테르나크
의 무덤이 있다고 했지만 눈으로 덮여 있어 볼 수가 없었다. 그는 죽
어서도 애인 라라를 찾아가던 그 설원 속에 묻혀 있다니…… 그것이
이빈스키야를 향한 파스테르나크의 마음인 것만 같았다.

파스테르나크 못지않게 가슴 아픈 사랑을 한 사람이 또 있다. 시인
마야콥스키다. 마야콥스키는 「바지를 입은 구름」이란 시로 유명한 시
인이다. 1915년에 이 시를 발표했을 때, 시를 읽은 문학평론가 오십
브릭과 그의 아내 릴리는 시에 감동해서 평생 그의 후견인이 되었다.

오십 브릭은 마야콥스키의 친구였고 그의 아내 릴리는 나중에 마

사랑은 새로운 경험이라고 생각했던 내게
사랑은 잔인한 경험이라는 말은 충격적이었다.
충격이 공감으로 바뀌면서
나는 사랑에 대한 새로운 그의 발견에 놀랐던 것이다.
그랬다. 사랑은 새로운 경험이 아니라 잔인한 경험이었다.

야콥스키의 애인이 된다. 마야콥스키는 서른여섯 살에 권총자살을 할 때까지 친구의 아내 릴리 브릭과 슬픈 사랑을 한 시인이었다. 그들이 처음 만났을 때 오십 브릭의 나이는 스물일곱이었고 릴리가 스물셋 마야콥스키는 스물둘이었다. '낯설게 하기'란 용어를 만들어 러시아 형식주의 이론에 큰 공헌을 했던 문학이론가 시클롭스키는 그들의 사랑에 대해 이렇게 말했다. "그는 첫눈에 그녀를 사랑했다. 그리고 죽는 순간까지도 변함없이 그랬다. 이렇게 해서 그녀에 대한 사랑의 시가 시작되었다."

그들의 삼각관계를 이해할 수 없었던 사람들에게서 많은 비난을 받았지만 그들은 아랑곳하지 않고 한 집에서 함께 살았다고 한다. 그후에 오십 브릭은 문학평론가로 두각을 나타냈고, 마야콥스키는 러시아를 대표하는 시인이 되었다. 두 명사 덕분으로 릴리 브릭은 프랑스의 스탈 부인처럼, 젊은 문학인 모임의 여주인 역할을 할 정도로 유명해졌다고 전해진다.

마야콥스키는 레닌이 죽었을 때 그의 죽음을 추모하는 삼천 행이나 되는 추모시로 문명을 떨쳤고 쓰는 희곡마다 성공을 거두었다. 그러나 해외여행을 몇 차례 한 뒤로는 공산주의 체제에 많은 회의를 느끼게 되고 그 회의가 작품에도 반영된다. 1929년에 상연된 〈빈대〉는 소련의 신경제 정책을 조롱하는 내용이었고, 그다음 해에 상연된 〈목욕탕〉은 스탈린 치하의 관료주의를 야유하는 내용이었다. 그때문에 그는 소비에트 당국과 작가동맹으로부터 따돌림을 받고 해외로 나가려고 비자 신청을 했지만 거절당해 절망 끝에 권총자살로 짧은 생을 마감한다. 그때가 1930년 4월 14일이었다.

그가 자살한 뒤 그의 애인 릴리는 스탈린에게 탄원서를 보내는 등 시인의 사면을 간청한다. 간곡한 탄원서에 감동한 스탈린은 "마야콥스키는 우리 소비에트 시대의 가장 재능 있는 시인"이라며 시인의 명예를 회복시켜준다. 그리고 또 오십 브릭 부부는 시인에 관한 자료를 모아 그의 업적을 후세에 전하기도 한다. 이 슬프고도 아름다운 사랑을 통해 사랑이 무엇보다 우리를 아프게 하는 것은, 사랑은 새로운 경험이 아니라 잔인한 경험이라는 것이다.

가장 힘들 때가
언제냐고 묻는다면

구름자락이 바람결을 따라 흩어지는 걸 보니 가을이 시작됐나 보다. 가을바람이 불기 시작하면 글쓰기에도 속도가 붙는다. 마음결이 바람결처럼 흐르기 때문이다. 이처럼 글(시)에도 결이 있다.

글을 쓸 때 나는 나 자신의 장소인 내 방에서 써야 잘 써진다. 책상도 필요 없다. 높은 의자에 앉아서 쓰면 마음이 차분해지지 않고 부산해서 낮은 상에서 쓴다. 그래야 마음을 낮추게 되고 안정이 된다. 특히 시를 쓸 때는 전화코드도 뽑고 음악도 틀지 않고 커튼도 내리고 문을 다 닫는다. 바깥과 차단하기 위해서다. 차단하는 동시에 문 안에 나를 가두고 정신을 집중시킨다. 시를 쓸 때만은 바깥세상과 단절되고 싶은 심정에서다. 그리고 글쓰기 전에는 반드시 손을 씻고 눈을 감은 뒤, 잠시 심호흡을 한다. 이것이 글 쓸 때의 내 습관이다. 시인이나 작가라면 누구나 글 쓸 때의 습관이 있을 것이다.

음악가들도 작곡할 때 묘한 습관을 가지고 있었던 것 같다. 슈베르트는 악상이 떠오르면 금방 작곡을 하기 위해, 잘 때에도 안경을 쓰고 잤다고 한다. 모차르트는 당구를 치면서도 작곡했고, 바흐는 정장을 입고 작곡했으며, 로시니는 술에 취해서 작곡을 했단다. 그래선지 모차르트 곡은 경쾌하고 바흐 곡은 장중하며 로시니 곡은 환상적이다.

어느 시인은 서툰 시 한 줄을 축으로 낯선 자전을 시작한다고 쓰고 있는데, 사하라 사막의 개미도 혼자 먹이 찾기에 나선다고 한다. 거리는 개미집에서 이백 미터 정도다. 사막의 모래 위를 헤매다 먹잇감을 찾은 개미는 한 치의 망설임도 없이 방향을 잡고 온 길을 계산해 한 치의 오차도 없이 정확하게 집까지 찾아간다고 하니 낯선 자전을 시작하는 것처럼 놀랍다. 시도 결국 나에게로 돌아오는 나의 귀향일 것이다.

삶의 약동과 비애가 한 줄기임을 말해주는 것이 시의 근원이다. 심장의 고동소리와도 같은 것, 가장 중요하면서도 얼핏 보면 있는지 없는지도 감지하기 힘든 그것이 시라는 말은 맞는 말인 것 같다. 글쓰기에는 특별한 전수법이 있는 것은 아니다. 많이 생각하고 많이 읽고 많이 쓰고 많이 찢어버리는(지워버리는) 기본 방법이 있을 뿐이다.

글은 덧붙일 것이 없을 때가 아니라 제거할 것이 없을 때 완성되는 것이다.

"평범한 사실의 나열은 글이 아니다. 특징적인 점을 포착해 집중적으로 묘사해야만 성공한 작품이다. 이목구비를 그릴 게 아니라 그 눈썹과 뺨의 세밀함을 살려 그 사람의 가장 특징적인 면모를 드러내라." 내가 오래 전부터 기억해온 조선시대 이건창의 창작법인데 지금도 시인들에게 유효하다. 특징적인 것을 드러낼 수 있을 때 독특한 자기만의 개성 있는 글이 될 것이다.

시를 쓰면서 가장 힘들 때가 언제냐고 누가 묻는다면 아무래도 나는 아플 때라고 말할 것이다. 아파서 글을 쓰지 못할 때, 책을 읽을 수 없을 때, 산책을 할 수 없을 때가 가장 힘들고 불행하다고까지 느껴진다. 그럴 때 글을 쓰지 못하는 것이 글을 쓸 때보다 더 중노동이란 생각을 떨쳐버릴 수가 없다. 내 시는, 길의 이미지를 통해 새로운 세계에 대한 열망을 쓰고 길 찾기를 통해 삶을 쓴다. 길은 곧 세계를 새로운 눈으로 바라보는 또 다른 삶의 한 방식으로 내 시에 자리 잡고 있다. 그러다 보니 나의 주소는 집이 아니라 길인가? 싶을 때가 있다. 길을 헤매거나 길 위에서도 길을 잃어 내 안에서 바람이 불 때, 문득 리처드 브라우티건이 쓴 『미국의 송어 낚시』라는 소설을 생각한다. 어린시절에 끝내 녹색송어를 발견하지 못했지만, 비관하지 않고 자신의 펜촉에서 흘러나오는 잉크와 글자가 녹색송어처럼 파닥이

지 않느냐며 작가는 문학적 상상력으로 인류에게 '녹색의 꿈'을 심어
주자는 희망의 메시지를 담고 있다. 나는 그 대목을 보면서 시도 세
상과 인간에 대한 진실을 담고 있어서 구원을 줄 수 있을 것이라 생
각했다.

　시를 쓰지 못할 땐 산이고 들이고 공원이고 쏘다닌다. 아직 덜 되
어서 무엇인가 더 되려는 듯이 헤매고 다니다 보면, 시인이 시를 쓰
지 못하는 것은 숨소리를 듣지 못하는 것과 같다는 생각이 든다. 시
는 움직이는 숨소리다.
　시가 나에게 무한한 힘을 줄 때, 아무리 힘든 글쓰기라도 중노동
이란 생각은 들지 않을 것이다.

무엇을 썼느냐가 아니라
어떻게 썼느냐에 달려 있다

희곡 『대머리 여가수』로 유명한 프랑스 극작가 이오네스코가 1977 년 한국에 왔을 때 이화여대에서 강연을 했다. 강연 제목이 '왜 글을 쓰는가'였다.

왜 글을 쓰는가 하면 "세상에서 발견되는 놀라움을 전하기 위해 서" 글을 쓴다고 했다. 놀라움을 전하기 위해서란 말이 나를 놀라게 했다. 경이감의 발견과 표현이 그의 글쓰기라면서, 어린아이의 눈으 로 세상을 보는 방법은 퇴행이 아니라 아름다운 진보라고 했다. 아름 다운 진보라는 말이 마치 태어나려는 자는 하나의 세계를 깨뜨려야 한다는 말처럼 들렸다. 그 말은 좋은 시를 마주할 때 느끼는 희열처 럼 내 마음을 흔들었다. 사람의 마음을 흔드는 것은 무엇을 말하느냐 가 아니라 어떻게 말하느냐에 달려 있다는 것을 그때 참으로 느꼈다.

시가 사람의 마음을 흔들 때도 무엇을 썼느냐가 아니라 어떻게 썼느냐에 달려 있다는 것을 그의 말을 통해 새삼 깨닫게 되었다.

피카소는 어느 글에서 자기의 그림을 어린아이처럼 그리는 데 오십 년이 걸렸지만 백 번 천 번이라도 어린아이가 되고 싶다고 쓰고 있다. 그 글을 읽는 순간, 해가 진 뒤의 어둠 속에서 어머니가 나를 부르던 소리가 그리웠다. 어린아이로 돌아가 어머니의 목소리를 다시 들을 수 있다면 모든 단어들을 그 소리와 연관시키고 싶었다. "사람 소리 가운데 정수가 말이고 시는 말 가운데 또한 정수"라던 율곡이 나더러 어린아이의 눈으로 세상을 보며, 아름다운 진보를 하라고 경고하는 것 같았다.

어린아이의 순진무구한 눈, 욕심 없는 눈이 되었을 때 시도 그림도 사람도 잘 보일 것이라는 생각에 '눈'에 대한 시 한 편을 쓸 수 있었다.

바람소리 더 잘 들으려고 눈을 감는다
어둠 속을 더 잘 보려고 눈을 감는다

눈은 얼마나 많이 보아버렸는가

사는 것에 대해 말하려다 눈을 감는다
사람인 것에 대해 말하려다 눈을 감는다

눈은 얼마나 많이 잘못 보아버렸는가

―「눈」전문

이 시를 쓰면서 나는 그동안 자신의 감정을 어떻게 표현하는가만 생각하고, 사물을 어떻게 볼 것인가 하는 문제는 소홀하지 않았는지 다시 돌아보았다. 새롭게 본다는 것은 새로운 눈이 열린다는 것이므로 그 눈으로 새롭게 세상을 보는 기쁨을 맛보고 싶었다.

잘못된 것이 있다면 그동안 사는 연습이 부족했던 탓일 것이다. 연습은 수양의 과정이라는데…… 수양의 과정이 인생의 연습이며 복습이란 생각이 들 때마다 시인은 죽을 때까지 새로운 과목을 배워야 하는 학생이란 말이, 시의 한복판을 가로지르는 비수 같은 화두처럼 생각되었다.

북한산 등산길에 바위 위에 앉아 쉬고 있는데 어린 새 한 마리가 내 빨간 배낭 위에 앉았다. 또랑또랑한 새의 눈과 내 눈이 마주쳤다. 너무 놀랍고 반가워서 나는 어쩔 줄 몰랐다. 어머, 너 왔구나, 네 엄마가 비행연습 시키는구나. 그래 잘 날아라 말하는 순간 날아가버렸다.

옆에 있던 후배 시인이 신기해하며 말했다. "선생님이 새를 좋아하니까 저 어린 것도 인사하러 왔나봐요." 그 말에 나는 기뻐서 어린 새가 저 먼 허공을 잘 날아갔을까 조바심이 났다. 어린 새도 지금 새 나름대로 수양의 과정을 거치고 있는지 모른다는 엉뚱한 생각을 했다. 생각 끝에 미겔 에르난데스의 한 구절이 떠올랐다. "사랑하는 자만이 날 수 있다/ 그렇지만 누가 그토록 사랑하는가/ 너는 날 수 있으리라/ 너는 날 수 있다".

마루야마 겐지의 소설 『물의 가족』은 '물기척이 심상치 않다'로 시작해서 '물망천은 울면서 흘러간다'로 끝맺는다. 그것이 혹 물의 수양 과정이 아닐까 비약해본다. 새와 물과 시인이 된다는 것은 항상 끝까지 가보는 것을 의미한다는 밀란 쿤데라의 말이 그들의 수양 과정을 말하는 것만 같다.

수양 과정을 생각할 때마다 "시가 존재한다는 사실에 대해 또 다른 감동의 세계가 있다는 것을 알게 되어 기쁨의 눈물을 흘렸다"는 샤갈과 "위대한 화가는 많았지만 영혼을 건드리는 화가는 없었다"는 앙드레 말로의 말이 폐부 깊은 곳을 헤집는 것 같다.

자기만의 개성 있는 독특한 세계를 가지는 단독성의 시인을 갈구할 때마다 바이런의 촌철살인 같은 말이 시심을 깨우는 것 같다. 바이런이 대학시절 시험을 치를 때였다. 시험문제는 '예수님이 물을 포도주로 바꾼 기적을 종교적 영적 의미에서 서술하라'는 것이었다. 바이런은 햇빛 비치는 창가에서 밖을 멍하니 바라보고 있다가 종료종이 울리기 몇 분 전에, 휘갈기듯 쓴 답안지를 그대로 제출하고 밖으로 나가버렸다. 답안지에 쓰인 문장은 "물이 주인을 보고 붉혔도다"였다. 촌철살인 같은 바이런의 한 줄의 문장. 그 문장으로 그는 만점을 받았다고 한다. 그 문장이 세상에서 발견된 놀라움이 아닐까. 자기만의 독특한 세계가 단독성의 시인을 태어나게 한다는 것을 바이런을 통해서 알았다.

집중력과 상상력, 체험이 왜 글을 쓰는가의 중요한 힘이라는 생각에는 변함이 없다. 그러나 "벌레 우는 소리처럼 처량하고 개미 싸우는 소리처럼 미미한 나의 시여" 이규보의 시 한 구절이 절규처럼 느껴질 때 시인은 세계가 묻어버린 그림자를 발굴하는 사람이어야 한다는 생각이 절실해진다.

몇 가지 물음

1. 혼란스러운 이 시대에 문학(인)의 역할은 무엇이라고 생각하
   나?

   ─ 좋은 작품으로 정신의 허기를 채워주는 것.

   ─ 도덕성의 타락을 작품으로 고발하는 것.

   ─ 옳지 않은 정책에 반기를 드는 것.

   ─ 정신의 중요성을 깨우쳐주는 것.

   ─ 삶의 중심과 정신의 정수를 묶어주는 것.

2. 성공적인 인생이란 무엇이라 말해주고 싶은가?

   ─ 자기가 좋아하는 일로 일생을 살아갈 수 있을 때, 자신이 성
   취한 일에 만족하고 행복감을 느낄 수 있을 때, 성공한 인생이

라 생각한다. 그런 점에서 나는 시인이 된 것이 한없이 다행스
럽다. 내가 좋아하는 시로 일생을 살 수 있고, 시로써 사람들의
마음을 조금이라도 구원할 수 있어서다.

독자들에게 에머슨의 「무엇이 성공인가」라는 시를 들려주면서 무
엇이 진정 성공인가를 함께 생각해보기로 한다.

자주 그리고 많이 웃는 것
현명한 이에게 존경을 받고
아이들에게도 사랑을 받는 것
정직한 비평가의 찬사를 듣고
친구의 배반을 참아내는 것
아름다움을 식별할 줄 알며
다른 사람에게서 최선의 것을 발견하는 것
건강한 아이를 낳든 한 뙈기의 정원을 가꾸든 사회 환경을 개
선하든
자기가 태어나기 전보다
세상을 조금이라도 살기 좋은 곳으로 만들어놓고 떠나는 것
자신이 현재 이곳에 살았음으로 해서
단 한 사람의 인생이라도 행복해지는 것

이것이 성공이다.

— 에머슨, 「무엇이 성공인가」 전문

3. 내 인생에서 가장 소중하게 생각하는 보물은 무엇인가?

    ① 가슴 속에 품은 시의 우물, 좋은 책들, 혼자만의 방.

    백지의 공포인 원고지, 쓰지 않은 시들, 나를 살린 시들.

    ② 발견이라는 말, 열정이라는 말, 새롭다는 말, 영혼이라는 말.

    물든다는 말, 자연이라는 말, 좋다라는 말, 변모한다는 말.

    ③ 시를 사랑하는 사람들, 자신을 돌아보는 사람들, 자존심을

    지키는 사람들, 사랑을 통해서 성숙한 사람들.

    그중에서도 가장 소중한 보물은 나를 살린 詩.

4. 인간관계에서 가장 중요하다고 생각하는 것은?

    — 신뢰와 이해, 사랑과 배려.

5. 한국 사회가 가지고 있는 가장 큰 장점 한 가지와 우리 사회의

    건강성을 회복하기 위해서 바꾸어야 할 가장 큰 병폐 한 가지

    는 무엇이라고 생각하나?

    — 가장 큰 장점은 위기에 처했을 때 주목하는 힘이고, 가장 큰

    병폐는 도덕성의 타락이다. 이 병폐를 없애지 않고는 우리 사회

가 건강성을 회복하기는 어렵다.

6. 다시 태어나도 작가(시인)가 되겠는가?

　—이 나라에서 시인으로 산다는 것은 구아구아(救我救我) 소리
를 내며 지나가는 구급차를 탄 것 같다. 그러나 세상에서 가장
죄 없는 일이 시 쓰는 일이고 가장 죄 없는 사람이 시인이라면
그 말을 믿고 다시 태어나도 시인이 되겠다.

7. 하고 싶은 말은?

　—시로써 말하겠다.

우리 사회가 언제 시 권하는 사회가 되려나?

2부
_____

계속 써라!
뭔가 멋진 것을
찾을 때까지

무엇이 시를 쓰게 하는가

반복되는 생활이 권태롭거나, 변화가 없어 답답하다고 느낄 때 나는 새벽시장에 간다. 현실에 상처를 입었기 때문에 현실을 추구한다던 파울 첼란의 말을 가방 속에 넣고서 말이다. 새벽시장은 밤 열두 시부터 새벽처럼 깨어 있다가 그 이튿날 오후 한시쯤에 문을 닫는다. 거의 열두 시간을 자지 않고 깨어 있는 상인들을 보면서 나는 그들이 마치 용맹 정진하는 수행자들 같다고 생각할 때도 있다.

나는 그들을 볼 때마다 시인들도, 새벽시장의 새벽 사람들처럼 깨어 있는 정신으로 치열하게 시를 써야겠다고 생각하고 또 생각한다.

옷들도 철따라 색깔이 바뀌고 모양도 달라지는데 하물며 시야 말할 필요조차 없을 것이다. 옷이 철따라 모습을 바꾸듯 생각이 바뀌지 않으면 시도 변모하지 않을 것 같다. 수많은 옷들을 보면서 나는 내

게 말한다. '계속 써라. 뭔가 멋진 것을 찾을 때까지.'

한 시인이 고유한 표현 양식을 가지는 것과 표현이 변화하지 않는 것은 다른 것이다. 세상과 자아의 단단한 껍질을 깨는 것으로부터 시의 길도 자유롭게 열리게 된다고 생각한다. 그런 점에서 나는 변화 있고 생동감 넘치는 새벽시장이 좋다. 새벽시장은 먹거리 볼거리 살거리 들이 너무 다양해서 어떤 것을 골라야 할지 애매해질 때가 있다. 그땐 그 다양함이 마치 시의 다의성(多義性)처럼 느껴지기도 한다. 늘 깨어 있어 생생한 기운을 잃지 않는 새벽시장.

어둠보다 더 두려운 권태도 떨쳐버리게 해주는 그 기운에 끌려다닌 지 몇 년 만에 「새벽시장」이란 시를 얻을 수 있었다.

시가 어떤 새로운 것을 끊임없이 환기시켜주듯이, 물은 나에게 끊임없는 생기를 환기시켜준다. 물은 반복하듯 흘러도 자신의 이미지를 비운다. 비우면서 앞으로 나아간다. 그것이 물의 미래다. 평소에 물을 좋아하다 「물에게 길을 묻다」란 시를 얻을 수 있었다. 이 시를 볼 때마다 남한강이 생각난다. 남한강의 물길을 바라보다 퍼뜩 시 한 구절이 떠올랐다. '세상에서 가장 어려운 건 물같이 사는 것'. 이 한 구절이 「물에게 길을 묻다」를 쓰게 했다. 오늘도 나는 끊임없이 흐름으로써 깨끗함을 유지하는 물에게 길을 묻는다.

시가 내게로 올 기미가 있으면 나는 날씨에 예민해진다. 바람의 냄새까지 느낄 정도로 예민해져서 동네 공원이나 산기슭을 헤매 다닌다. 여름에는 눈에 제일 먼저 들어오는 것이 나무들이다. 사방에 초록들이 꽉 찼네…… 생각하는 순간 '초록은 내 전율이다'라는 구절이 걸음을 멈추게 한다. 나는 수첩을 꺼내 빈 곳을 이 한 구절로 꽉 채운다. 이 한 구절이 「초록은 새벽같이」란 시 한 편을 쓰게 했다. 전율이라는 단어가 초록에 닿으니 내가 세상에 와 처음으로 놀란 초록이 내 전율이 되었다.

자연이 위대한 것은 그 속에 수많은 생명을 품고 있기 때문이다. 그 생명을 받아 쓰는 것이 시이고 시인인데 나는 자연에게 아무것도 줄 것이 없어서 헌사를 바치는 심정으로 「자연을 위한 헌사」를 썼다. '자연은 한 권의 통사 같다'고 생각한 끝에 이 시를 쓰게 된 것이다. 거대한 폭발적인 힘! 그것은 내가 늘 자연에게 느끼는 경외의 감정이다. 시를 쓸 때 자연은 나에게 구체적인 체험의 공간이 되어주었다. 자연의 침묵보다 더 나은 말은 없는 것 같다.

가장 좋은 것은 물과 같다고 누가 말했었지요
그래서 나는 물속에서 살기로 했지요
날마다 물속에서 물만 먹고 살았지요
물 먹고 사는 일이 쉽지는 않았지요
물보라는 길게 물을 뿜어올리고
물결은 출렁대며 소용돌이쳤지요

누가 돌을 던지기라도 하면

파문은 나에게까지 번졌지요

물소리 바뀌고 물살은 또 솟구쳤지요

그때 나는 웅덩이 속 송사리떼를 생각했지요

연어떼들을 떠올리기도 했지요

그러다 문득 물가의 잡초들을 힐끗 보았지요

눈비에 젖고 바람에 떨고 있었지요

누구의 생도 물 같지는 않았지요

세상에서 가장 어려운 건 물같이 사는 것이었지요

그때서야 어려운 것이 좋을 수도 있다는 걸 겨우 알았지요

물 먹고 산다는 것은 물같이 산다는 것과 달랐지요

물 먹고 살수록 삶은 더 파도쳤지요

오늘도 나는 물속에서 자맥질하지요

물같이 흐르고 싶어, 흘러가고 싶어

—「물에게 길을 묻다 - 수초들」전문

시인이 거쳐야 할 정신의 단계

한 시인이 변화와 변모를 거쳐서 자신만의 개성 있는 독특한 세계를 가지려면 수행자가 구도를 위해 한 곳에 머물지 않듯이 정신은 늘 떠돌이가 되고 나그네가 되어 새로운 것을 찾아 떠나야 한다.

니체는 정신을 낙타와 사자와 어린이에 비유하는 세 단계로 나누었다. 사자는 기존의 관념과 체계를 깨고 나아가는 질풍노도의 시기와 자유를 향한 투쟁의 시기를 상징하고, 낙타는 주어진 현실에 순응하며 묵묵히 젊어지는 시기를 말하며, 어린아이는 죄 없이 순진무구한 긍정의 시기와 새로운 삶을 빚는 가능성의 시기에 비유하고 있다. 시인들도 정신의 세 단계를 거쳐야 할 것 같다. 그래야만 피로 써라, 피로 쓴 것만이 진실이란 말도 시를 쓸 때 잊지 않을 것 같다.

나도 젊은 시절에는 높이에 대한 욕망으로 산에 대한 시를 많이 썼고(사자의 단계) 중년(낙타의 단계)에는 깊이에 대한 생각으로 물에 대한 시를 썼고, 지금(어린아이 단계)은 높이도 깊이도 아닌 넓이에 대한 긍정으로 들이나 바다에 대한 시를 쓰게 된다. 그럴 때 나는 시인의 존재방식에 대한 근원적인 모색을 위해 시인으로서의 자의식을 가져본다. 나는 왜 시를 쓰는가? 시인인 나는 누구인가? 라는 질문을 계속하게 된다. 중요한 문제들은 언제나 전 생애로 대답해야 하는 것이다.

괴테는 『시와 진실』이라는 책을 썼고 『행복론』도 썼지만 자신의 인생 중에 행복한 시간은 열일곱 시간뿐이었고 즐거운 시간은 사 주뿐이었다고 했다. 그러면서도 '내 인생은 완전한 것'이라 했고 나폴레옹은 수많은 계획을 세웠지만 이를 실행한 적은 한 번도 없었다고 하면서도 '내 사전에 불가능은 없다'고 했다. 이 모순된 전략이 그들의 불굴의 정신이기도 하다.

유폐나 숙성을 자청하는 외로움, 자발적 소외를 좀 많이 하는 시인들이 나타났으면 좋겠다고 하는 평자도 있다. 나는 많은 단어 중에서 체념과 권태라는 단어를 가장 싫어한다. 반복이 시의 적이라면 체념과 권태는 정신이 빠진 삶의 적이다. 만일 시가 아니었으면 마음의 결과부좌를 어떻게 풀고 마음의 빗장을 어떻게 열었을까. 이렇듯 나는 아직도 시를 믿는다. 그 믿음으로 시에 순정을 바친다.

시에 동원되는 모든 언어는 독창적 상상력에 불을 지르는 폭탄이 되어야 한다. 시란 개개인의 체험과 상상력의 산물이며, 새로운 인식

나는 왜 시를 쓰는가?

시인인 나는 누구인가? 라는 질문을 계속하게 된다.

중요한 문제들은 언제나 전 생애로 대답해야 하는 것이다.

과 새로운 발견을 전제로 하기 때문이다.

시는 원래 명료함에서 시작되는 것이 아니라 모호함에서 시작되는 것이다. 시가 너무 명료하면 다의성을 잃게 된다. 그러나 모호한 것도 조탁하지 않으면 난해한 것이 되고 만다. 모호성과 난해성은 다른 것이다.

"나의 몸은 나의 전부이다. 나는 몸 이외의 아무것도 아니다. 건강한 몸의 소리를 들어라"는 니체의 외침을 시로써 패러디해본다. "나의 시는 나의 전부이다. 나는 시 이외의 아무것도 아니다. 건강한 시의 소리를 들어라."

요즘 어떤 시들은 너무 비슷비슷해서 마치 성형수술한 얼굴 같다. 척추가 없는 것처럼 중심이 없다. 박용래 시인이 아들딸에게 시를 대필시키면서 "나도 시를 쓸 수 있다고 생각하니 손이 떨려 쓸 수가 없구나"했다는 일화나 "나는 예술에 대한 의무를 다하지 않음으로써 신과 인간을 모독했다"고 자책한 다빈치의 일화는 시인들이 곱씹어 보아야 할 말인 것 같다. 시인뿐 아니라 모든 예술가들의 예술에 대한 치열성과 중독성이 영혼에 깊이 뿌리박고 있다는 것을 알 수 있게 하는 말이다.

산에 들 때는 자신을 낮추지 않으면 떨어지기 쉽고 미끄러지는 것도 한 순간의 일이다. 올라가는 일은 무엇이든 스스로를 구부려 낮추어야 한다. 시 쓰는 일 또한 그렇다. 시는 정신의 밀물과 썰물이라는 시인도 있고 나의 시는 나의 땅이라는 시인도 있다.

'시가 없는 사회는 없다. 하지만 사회는 결코 시적일 수는 없다'는 말이 인상적이다. 너도 나도 컬러풀한 문화의 세태를 쫓는 동안 밀려난 흰 와이셔츠의 운명처럼 서정시를 시대의 퇴물처럼 여기려 한다. 그러나 모든 색의 기본적인 흰색, 모든 시의 본령인 서정시는 사라지지 않는다.

예이츠와 엘리엇은 나이들수록 시가 깊어지고 무게를 더했다. 그러나 젊어서 뛰어난 재능을 보였던 시인들이 나이들어서 시를 못 쓰는 경우가 많았다. 천재적인 바이런과 셸리, 키츠는 서른 살을 전후해서 세상을 떠났고 랭보는 십칠 세에서 이십일 세까지 왕성하게 시를 썼으나 그 이후엔 다른 나라로 떠돌며 모험가로 살다 갔다. 워즈워스는 오래 살았으나 늙어서는 시다운 시를 쓰지 못했다. 테니슨과 브라우닝도 그랬다.

왜 그랬을까? 정신에 고갈이 온 것일까, 시를 놓아버린 것일까? 시를 쓰면서 시에는 나이가 없지만 시인에겐 나이가 있다는 것을 생각하게 되고, 시는 시인보다 위대하다는 것을 새삼 느끼면서, 시의 뒤로 숨는 시인들을 한 번 더 생각하게 된다.

프랑스 왕립천문학회는 새로 발견한 별에 랭보 이름을 붙이기로 했다고 한다. '랭보별!' 그런데 시의 뒤로 사라진 우리 시인들의 별은? 영원에 대한 감각, 정신에 대한 치열함을 가지고 살아가는 시인은 다른 사람을 아름답게 물들일 것이다. 우리나라 천문학회도 새로 발견한 별에 '백석별!'이라는 이름을 붙일 날을 기다려본다.

시를 읽는 마음

한 편의 시를 이해하기 위해선 우선 많이 읽어야 하고, 읽고 느낄 수 있어야 제대로 이해할 수 있는 것이다. 그리고 한 편의 시를 완성 하려면 우선 많이 생각하고 많이 읽고 많이 쓰고 많이 찢어버려야 한 다. 이것이 시창작의 기본 방법이라고 나는 생각한다. 그중에서도 가 장 중요한 것은 우선 시를 읽는 것이다. 읽어야 느끼고, 이해할 수 있 을 때 공감도 감동도 따라오는 것이다. 사람을 만나거나 사귈 때도 우 선 사람을 만나야 느낄 수 있고 안 뒤에야 이해할 수 있는 것과 같다.

시를 많이 읽다보면, 그 시인이 어떤 소재를 어떤 의미로 어떻게 표현하려 했는지 이해하게 된다. 처음으로 시를 읽을 때는 시구 하나 하나를 따지듯이 읽지 말고 그냥 스치듯이 읽어야 한다. 자꾸 읽다보 면 무엇인가 느껴지는 것이 있을 것이다. 그땐 그냥 느끼면 되는 것이다.

시를 많이 읽고 느끼고 이해하게 되면, 시가 좋아지고 시에 대한 안목이 생기게 된다. 어떤 시가 좋은지 아닌지를 알게 되어 공감도 하고 감동도 하게 되는 것이다. 그렇게 되면 그동안 시에 대해 가졌던 고정관념도 버릴 수 있게 된다. 시란 어려운 것이며 특별한 사람들만이 하는 별세계의 것이라던 생각이 바뀌게 되는 것이다. 시에 대한 편견과 두려움에서 벗어나, 가볍고 편안한 마음으로 시에 대해 관심을 갖게 되고 그 관심이 시를 좋아하는 마음으로 바뀌는 것이다. 그때의 시는 시인의 것이 아니라 독자의 것이다. 시는 독자가 좋아해 줌으로써 그 의미가 완성되는 것이다. 시 읽기는 시인이 시에서 말하는 의미를 독자들이 일방적으로 이해하는 것이 아니라 독자가 시를 읽는 순간 상상력을 발휘하여 나름대로 새로운 의미를 만들어내는 재창조의 활용이기도 하다. 만일에 독자 중에서 시 쓰기를 원하는 사람이 있다면 우선 시를 잘 읽어야 잘 쓰게 된다는 평범하지만 중요한 이 사실을 잊지 말아야 할 것이다.

시는 읽으면 읽을수록 빈 곳이 채워져서 마음속 깊은 곳에 풍요로운 무엇인가를 느끼게 된다. 시 한 편을 읽은 날의 마음과 읽지 않은 날의 마음이 확실히 다를 것이다. 좋은 시 한 편을 읽고 며칠을 잘 보낼 수 있고, 감동받은 시를 가슴속에 넣고 평생을 살 수 있다면 그것은 시가 독자들에게 주는 최상의 혜택이 될 것이라 생각한다.

새 천 년이 사이버 시대로 개작되었으니 당분간 인터넷 세상이 된다고들 한다. 인터넷과 시를 비유해보면 좀 지나친 비유가 될지 모르지만 나는 인터넷을 외래종인 식물 '미국자리공'에 시를 '재래종'에 비유해본다. 외래종인 미국자리공이란 식물은 재래종을 고사시키면서 제자리를 차지하는 식물이지만 재래종은 외래종이 채우지 못하는 빈자리를 채우는 식물이다.

클릭만 하면 온갖 정보들이 쏟아져 나오는 인터넷의 편리함 때문인지 많은 사람들이 일을 쉽게 해치우려는 경향이 생겨났다고들 한다.

가끔 신인응모 작품을 심사하다보면 시를 너무 쉽게 생각하고 쉽게 써버리는 경향들이 있는 것 같아 기분이 몹시 나쁠 때가 있다. 이십오 세가 지나서도 시를 쓰려고 하는 사람들은 역사적 감각을 지녀야 한다고 했는데, 도대체 이 사람들이 시를 뭘로 보나, 시 쓰기를 놀이로 생각하나 생각될 때도 있다. 소중한 것, 어려운 것들 보다는 편리하고 쉬운 것을 취하려는 가벼운 생각들이 시를 쓸 때에도 인터넷 놀이처럼 가볍게 생각하지 않나 싶기도 하고 시를 쓸 때의 고민 같은 건 아예 접어버린 것이 아닌가 싶을 때도 있다. 문명의 이기는 잘 쓰면 좋은 무기가 되겠지만 잘못 쓰면 흉기가 될 수도 있는 것이다.

정보화 시대에 정보가 필요하겠지만, 시 쓰는 데 정보가 꼭 필요할까 싶다. 정신없는 정보는 생각없는 말과 같다. 시란 다양한 정보

가 없어도 삶의 내밀한 부분을 말할 수 있는 것이다. 내가 중고등학
교에 다닐 때는 문명의 혜택을 못 받은 때여서 시집 한 권도 제대로
구할 수 없었지만, 어쩌다 시집을 구하게 되면 무슨 비밀처럼 책가
방 깊숙이 넣어다니면서 읽곤 했다. 고등학교 때 처음 읽은 외국 시
는 푸쉬킨의 「삶이 그대를 속일지라도」였고 처음 읽은 소설은 마거
릿 미첼의 『바람과 함께 사라지다』 일곱 권이었다.

내 생각에 책 읽기는 다독(多讀)보다는 정독(精讀)을, 열독(熱讀)
보다는 애독(愛讀)을 해야 좋을 것 같다. 시 읽기와 책 읽기는 심성
을 가다듬는 일이기도 하고 잃어버린 감성을 되찾을 수 있는 방법이
기도 하다. 그래서 책 읽기와 시 읽기는 어려서부터 가르쳐야 좋다는
게 내 생각이다. 시를 읽고 자란 아이들이 어른이 되어서도 남을 배
려하는 마음을 지닌다고 한다. 심지어 부끄러움을 가르치는 나라도
있다. 프랑스에서는 유치원에서부터 시를 들려주고 고등학교를 졸업
할 무렵에는 백여 편의 시를 외우는 학생들이 많다고 한다. 독일의
발도로프 초등학교에선 아침조회 시간에 딱딱한 훈화 대신 학생 한
사람 한 사람에게 반갑게 악수하며 시를 함께 낭송한다는데 우리나
라는 입시위주의 교육으로 학생들을 시에 등을 돌리게 하고 있으니
슬픈 일이다.

가끔 젊은이들에게 왜 시를 읽지 않느냐고 물어보면 시가 너무 어
려워서, 골치가 아파서, 재미가 없어서 읽지 않는다고 한다. 재미만을

찾는 것이 삶의 전부는 아닐 것이다. 의미가 재미보다 더 가치 있는 일이 될 수도 있다. 삶이 재미 이상의 그 어떤 가치 지향과 관계된다면, 시 읽기와 시 쓰기는 우리가 따라잡아야 할 정신의 체험일 것이다.

자기 구원을 위한 글쓰기

겉은 가시로 잔뜩 무장해 있지만 속은 여린 물로 가득 찬 선인장을 보거나 육봉을 평생의 업처럼 지고 멀고 먼 모래사막을 혼자서 터벅터벅 걸어가는 낙타를 보거나, 눈이 늘 젖어 있어 따로 울지 않는 낙타를 떠올리거나 바닷가 모래밭에서 속이 텅 빈 소라고동을 보면 그게 바로 나 같다는 생각을 하게 된다. 그들의 모습이 감춰진 나의 모습일지 모른다는 생각이, 혼자 살다보니 더 분명해지는 것 같다.

시가 고통의 언어라면 혼자 사는 삶 또한 고통으로 쓴 책이 아닐까 싶다. 그처럼 인간은 죽을 때까지 인간이라는 고전(古典)을 읽어야 하는 존재들인 것 같다. 그래선지 혼자 살면서 시를 쓰는 여성이란 하나의 쓸쓸한 고전 같은 것이라고 말한다 해도 과언은 아닐 것 같다. 시나 진실 치고 그 속에 그 나름의 쓰디쓴 맛을 담고 있지 않은 시와 진실은 없을 것이다.

나는 가끔 운명에 대해 생각해본다. 역사와 운명에는 만약이란 없다고 한다. 그렇다면 운명이란 『광장』의 작가가 말했듯이 허무의 끝까지 가는 사람에게만 나타나는 신비의 얼굴일까. 운명을 만나본 사람은 절망 속에서 희망을 보고 부재 속에서 풍요를 본다고 그는 말하고 있다.

시를 쓰는 것이 내 운명일까? 생각하다보면 운명을 걸지 않았다면 시가 재미없었을 것이라던 박용하 시인의 말이 생각날 때가 있다. 그 말은 내가 하고 싶은 말이기도 하다. 말을 가지고 작업해야 하는 것이 시인의 운명이며 팔자는 끌로 파도 파지지 않는다고 하니, 시 쓰는 일을 내 운명이라 생각하기로 한다. 문학이 '성격의 힘'으로밖에 할 수 없는 것이라면 그 성격의 힘이 바로 운명이 아닐까 생각한다. 문학은 결국 자기 구원을 위한 글쓰기다.

시는 내게 어둠을 뚫고 나갈 수 있는 힘을 주었다. 시가 아니었으면 천사와 악마의 싸움터인 마음을 어떻게 다스릴 수 있었을까.

괴로움을 통해서만 완전함을 이룰 수 있었다는 고흐도, 가장 괴로웠던 이 년 동안 유화 이백 점과 데생 이백오십 점을 남겼다. 나도 가장 괴로웠던 시절을 통해 시를 썼고 시집을 냈다. 시를 쓴 지 사십육 년이 되었는데 시집은 일곱 권뿐이다. 시인은 시간의 광부라는데, 나는 그동안 시간을 잘 파내지 못했던 것이다. 자기 개선의 출발점은 결국 자신의 인식에 달려 있는데도 말이다.

빅토르 위고의 『파리의 노트르담』에서 꼽추가 온몸으로 종을 치듯이, 우아한 백조가 물 밑에서 발을 쉬지 않고 움직이듯이, 시도 수많은 고통과 고뇌를 거치지 않고는 절대로 절창을 얻을 수 없을 것이다.

나는 그 무렵에 뮈세의 시 한 구절을 무슨 구원처럼 잡고 있었다. "이 세상에서 나에게 남은 유일한 진실은 내가 이따금 울었다는 것이다". 그랬다. 그때 나에게 남은 유일한 진실도 이따금 울었다는 것이다.

세상은 콘크리트처럼 완강해 내가 원하는 사과나무를 심을 수 없었지만 밖으로 나가면 이 땅에 봄밤은 충분했다. 확실한 것은 낮과 밤 그것밖에 없다고 생각하던 시절이었다. 생각도 사람도 다 변하는 것이었다. 너무 좋다 못해 미울 정도인 것이 사람이며 사랑이었다. 가애가증(可愛可憎)이란 말이 그때처럼 절실한 적은 없었던 것 같다. 알고 보면 모든 사람의 인생은 자기에 이르는 길일 뿐이었다. 혼자 살다보면 눈물이 쓰디쓴 소주보다 더 쓰디쓰다는 것을 참으로 느끼게 된다. 어느 땐 고통이 눈뜨고 악몽을 꾸게 하고 어느 땐 죄책감이 눈뜨고 자게 만들기도 한다. 그럴 때 나는 가녀린 풀에도 손을 베이고 방 속에서도 한기를 느낀다. 혼자 살다보면 자신의 감각에 자신이 상처를 입을 때가 있다. 스스로 놓쳐버린 것이 많기 때문이다.

프랑수아즈 사강의 소설 『브람스를 좋아하시나요』에 "나는 당신이 사랑을 놓쳐버렸고 행복해야 할 의무를 소홀히 했으며 체념으로 하루살이처럼 살아온 데 대해 고소합니다"라는 구절이 있다. 나는 이 구절을 읽고 내가 왜 세상에 왔으며 내가 할 일이 무엇인지에 대해 많이 생각해보았다. 그때 어떤 얘기가 떠올랐다. 천장화를 그리고 있던 라파엘로의 사다리를 잡아주라고 하는 왕의 말에 재상이 불만을 나타내자 왕이 이렇게 말했다. "잔소리 말게. 자네 목이 달아나면 얼마든지 다른 사람이 재상 자리를 대신할 수 있지만, 라파엘로의 목이 부러지면 저 그림을 대신 그려줄 사람은 이 세상에는 단 한 사람도 없다네."

이 세상에 단 하나밖에 없는 라파엘로의 그림과 왕의 말을 그때처럼 가슴으로 받았던 적은 없었던 것 같다. 누구도 대신해줄 수 없는 자리, 그 자리를 시인의 자리로 자리매김하고 싶었기 때문이다.

운명이란 종종 알 수 없는 곳에서 손을 내민다고 하지만 허무의 끝 절망의 끝까지 가본 사람에게는 운명이란 우연이 아니라 필연일 것 같다. 확실히 운명에 만약이란 없는 것 같다. 이 세상에서 자기가 좋아하는 일로 양식을 얻어 사는 사람이 몇 명이나 되겠는가. 나는 그 점에 있어서는 작가가 되었다는 것을 신에게 감사할 따름이라고 말한 올더스 헉슬리처럼, 나도 내가 좋아하는 시를 쓰면서 평생을 살수 있어서 내가 시인이라는 것에 감사할 따름이다.

야생초처럼 변화하라

기온의 변화와 지형의 변화가 심한 곳에서 야생초가 많이 자란다. 그런 곳에서는 야생초들이 단련을 많이 받기 때문에 그만큼 약효도 뛰어나다고 한다. 변화가 심한 환경에 적응하려고 풀들도 이런저런 변화를 거치기 때문에 먹기도 좋고 맛도 있다는 것이다.

풀도 변화해야 풀의 가치를 갖는다는 말을 들을 때마다 시(詩)도 야생초처럼 때(時)에 따라 변화해야 하고, 변화에 단련되어야 좋은 시가 될 수 있다는 말로 들린다. 그 말은 또 똑같은 소리 되풀이하지 말고 새로운 세계를 찾아내라는 뜻으로도 해석된다. 그러자면 항상 변화하면서 남의 흉내 내지 말고 시인의 줏대를 지켜야 된다는 말이 될 것이다. 그 무엇과도 바꿀 수 없는 절대적 자아를 찾아서 떠도는 것이 시정신이라는 것이다. 그 정신을 놓지 않기 위해서라도 시인은 시의

나는 그 무렵에 뮈세의 시 한 구절을 무슨 구원처럼 잡고 있었다.
"이 세상에서 나에게 남은 유일한 진실은 내가 이따금 울었다는 것이다."
그랬다. 그때 나에게 남은 유일한 진실도 이따금 울었다는 것이다.

위기에 맞닥뜨려보아야 한다는 것이 내 생각이다. 어느 평자의 말처럼 시의 죽음, 시의 위기가 새로운 시의 탄생을 가능케 할 것이기 때문이다.

시인이 남겨두어야 할 것은 시인의 발자취가 아니라 시정신이다. 시와 시정신은 시인의 결핍과 편견까지도 극복해주기 때문에 시와 시정신은 시인보다 위대하다고 말할 것이다. 시인들은 돈도 밥도 안 되는 시를 쓰면서도, 시에 운명을 걸고 시에 순정을 바쳐야 한다고 생각하는 사람들이다. 어느 시인은 흘러가는 시냇물이, 허공에서 내려오는 흰 눈송이가 일원어치도 안 되겠지만 시인의 눈을 통해서 사람들에게 그 눈송이는 억만금보다 더 깊은 감동을 주기도 한다고 말하고 있다. 시인은 그렇게 한 푼도 되지 않는 것들을 가지고도 감동하고 행복해하며 때로는 시를 읽는 사람들에게 삶의 행복을 선사하는 사람들이라고 말이다. 세상에서 시가 주는 감동처럼 사람을 사로잡는 큰 권력이 또 있을까. 그럼에도 요즈음은, 시가 너무 양산되고 시인이 너무 많이 배출되기 때문인지, 시인들은 시에 대한 치열성과 진정성을 잃은 채 매너리즘에 빠져 있는 것 같다.

시인이 양산되는 만큼 패거리도 많고 끼리끼리 아니면 따로따로다. 고독하게 적막하게 혼자 견딜 줄 모르고, 침묵에 겁을 먹고 불안해하는 시인이 많은 것 같다. 어딘가에 소속되지 않으면 소외당하는 것 같아 어떤 줄이든 잡으려고 야단들이다. 고독할 때 가장 순수해지고 강해지는 것이 시인인데도 아랑곳하지 않는다. 그럴 땐 "나는 대

부분의 시간을 나 혼자 지내는 것이 가장 건전하다고 생각한다"던 소로의 말이 생각나고 "고독과 싸우는 인간의 의지에 매료되어 문학을 했다"던 헤밍웨이가 생각난다. 시의 위기란 시를 죽이는 사회 탓도 있겠지만, 고뇌하지 않고 고독할 줄 모르는 시인 탓도 있을 것이다. 나 자신부터 변화해야 할 것 같다. 진정한 변화는 눈에 잘 띄지 않고 잘 보이지 않는 깊은 내면에서 일어나는 것이라고 생각한다. 시인이 시로써 표현하는 것은 떠도는 시인의 정신 속에 축적된 경험일 것이다. 그 경험에는 그 시인만의 체험에서 얻은 독특한 인식이 숨쉬고 있을 것이다. 경험은 인식을 변화시킨다. 시인은 변화해야 하고 시는 변모되어야 한다. 많은 변화를 거치면서 사람들에게 약이 되는 야생초처럼.

메아리의 여운

어머니 어머니 하고 부르면
어머니이…… 어머니이…… 하고 따라 부른다
나 같은 사람 저쪽에 또 있다는 것일까

어느 잡지에선가 「메아리」란 짧은 시를 보았다. 독자가 보낸 시였
는데 잘 쓴 시는 아니었지만 메아리를 잘 나타냈다고 생각했다. 시보
다는 그의 시작노트가 메아리 같은 여운이 있어 여기에 적는다.

십이월에 가까워 오면 나는 병을 앓는다. 그것도 지독한 병인
'신춘문예 병'을 앓는 것이다. 해마다 응모했지만 최종심에도 못
오르고 떨어졌기 때문이다. 올해도 또 그랬다. 벌써 열 번째, 십 년

이 흘렀다. 나는 내 재능에 절망하며 포기하기로 했었다. 그러나 십이월이 되면 나도 모르게 그 지독한 병이 도지곤 한다. 십 년이면 강산도 변한다는데 내 마음은 일편단심이다. 그러나 올해는 조금 달랐다. 나 스스로 내 재능을 평가하고 이젠 신춘문예 병은 그만 앓기로 한 것이다. 올라가지 못할 나무를 나는 너무 오래 쳐다보았다.

"누구나 시를 쓸 수 있지만 아무나 좋은 시를 쓸 수 없다"던 어느 시인의 말이 생각나 나는 고개를 푹, 꺾고 말았다. "피로 써라. 피로 쓴 것만 사랑하라"던 말도 떠올라 부끄러워지기도 했다. 모든 독자는 미래의 작가라고 했지만 나는 모든 독자 중의 한 사람이었으나 오늘의 작가는 아니었다. 아니, 될 수 없다고 생각했다.

"어느 날 아침에 깨어보니 나 자신이 유명해져 있었다"던 바이런이 그날따라 더 위대하게 생각되었다. 나는 절망하고 또 절망했다. 절망은 희망의 선생이라고 생각한 적도 있었다. 그땐 칠전팔기가 아니라 십전십일기라도 할 수 있다고 생각했었다. 그러나 오늘 신문을 보고는 이제는 정말 포기해야겠다고 결심했다. 나는 용이 되지 못한, 등용문을 오르지 못한 이무기에 불과했다.

나는 나 자신을 너무 과신했다. 여학교 때 백일장에 몇 번 당선된 것가지고 지나친 자부심을 가졌던 것이다. 나는 그동안 내 환각에 사로잡혀 껑충댔다. 환각이란 깨어지기 위해서 있는 것임을 몰랐던 것이다. 나는 선잠에서 깬 사람처럼 우두커니가 되었다. 방에서도 우두커니, 마루에서도 우두커니, 책 읽다 우두커니, 쌀 씻다 우두커니. 이렇게 자신 없기는 생에 처음이었다. 일월이 내게는 가장 잔인한 달이었다.

나는 얼마 동안 내가 만든 독방의 감옥에 갇힌 것만 같았다. 죄인의 마음으로 시에게 속죄하며 치열하게 매달리기 위해서 나는 스스로 죄인이 되기로 했다. 상처 없는 영혼이 없겠지만 상처 받은 내 영혼은 더 상처받아야만 했다. 실패한 나는 더 실패해야만 했다. 나는 가당찮게도 시에 대해 겸손하지 못했다. 은하가 잘 보이는 곳에 사는 사람들은, 이 세상이 우주에 비해 너무 작다는 걸 알고 겸손하다고 한다. 나는 그 말을 날마다 되씹었다. 나는 시를 잘 쓰는 사람에 비해 너무나 작은 존재였다. 그런데도 잘난 척했고 한없이 교만했다. 응모에서 떨어지면 심사한 사람을 원망했고 어떤 이유를 만들어서라도 내 시의 위상을 세우려 했다. 열 번을 소리치면 한 번의 메아리는 있을 줄 알았다. 그러나 메아리는 높은 산 깊은 계곡에서만 되돌아오는 것이었다.

나에게 시인이 없어졌을 때
시를 쓰기 시작했다

　시인들에게 왜 시를 쓰느냐고 물어보면 시인마다 그 대답이 다 다르다. '나는 내가 아니기 위해' 시를 쓴다는 시인이 있고 어떤 시인은 '질서를 벗어나기 위해서' 쓴다고 한다. 말이 하기 싫어서 쓴다는 시인이 있는가 하면 나라는 작은 우주 속에 큰 우주를 들여놓기 위해 쓴다는 시인도 있고 그냥 시가 좋아서 쓴다는 시인도 있다. 나에게 왜 시를 쓰느냐고 물으면 서슴없이 '잘 살기 위해서'라고 대답한다. 잘 산다는 것은 시로써 나를 살린다는 뜻이다. 그래서 나는 시와 소통할 때 가장 덜 외롭다.

　나는 왜 시를 쓰는가, 쓰려고 하는가? 스스로에게 물어볼 때마다 시를 쓴다는 것은 과연 무엇인가를 함께 생각하게 된다. 시인은 일상 속에서도 일상 너머를 봐야 하고, 일상생활 속에서도 상식적 감각을 버려야 한다. 그래야 시도 삶도 바뀌게 된다.

우리의 언어가 무참히 해체되고 생략되어 국적 불명의 신조어들이 남발되는 요즈음, 언어를 사랑하라는 말이 중요한 문학적 문제로 지적되어야 할 것 같다. 시는 언어의 파괴가 아니라 창조의 파괴를 해야 하는 언어의 재창조다. 시인은 그냥 시인이 아니라 시의 일부이기 때문이다.

말은 침묵에 근접할 때 가장 사람의 마음에 와 닿는 것이다. 시인들이야말로 어느 때 어느 곳에서도 말을 찾는 존재일 것이다. 그러므로 시인은 언어에 끌려 다니지 말고 언어를 주재해야 한다. 시란 어느 시대에도 변하지 않는 진실을 품고 있는 것으로 결정되는 것이다. 진실은 그 자체로 호소력이 있기 때문이다. 일상에 길들여진 정신에서는 새롭고도 우수한 시가 태어날 수 없는 것이다. 그러므로 시를 대할 때 눈여겨보아야 할 것은 말을 다루는 솜씨일 것이다.

시는 충감 즉 벌레의 감각 그것도 벌레 한 마리가 아니라 벌레 세 마리의 눈이 보는 복합시선이 있어야 한다고 고은 시인은 말하고 있다. 내가 보는 것이 아니라 수많은 타자로서의 내가 함께 봐야 한다는 의미 있는 말을 하고 있다. 그 말은 "가짜 시인은 언제나 타자의 이름으로 자기 자신에 대해 말하지만 진짜 시인은 자기 자신에 대해 말할 때도 타자와 함께 말한다"는 옥타비오 파스의 말을 떠올리게 한다. 시인의 눈은 언제나 구경꾼이 되고 발은 나그네가 되어, 낯선 것을 많이 보고 새로운 것을 발견할 수 있어야 살아 있는 시를 쓸 수 있다.

시창작은 진주조개가 지독한 고통 속에서 진주를 만드는 일과 같고 우주의 비밀을 드러내는 개화과정과 같은 것이다. 그러므로 시를 쓸 때는 마치 진드기가 나뭇잎에 머리를 박고 몰두하듯이 몰입하는 강력한 집중력이 있어야 한다. 집중력과 상상력, 체험은 창작의 중요한 힘이다. 집중력은 산만한 시의 중심을 잡아주고, 상상력은 숨어 있는 재능을 불러내며, 체험은 말과 뜻이 어우러져 아름다움을 얻는 데 진정성을 보탠다.

블레이크와 말라르메는 시를 쓰는 데 상상력을 최상의 가치로 삼은 시인이다. 생텍쥐페리는 어린시절 형제들과 시 쓰기 놀이를 하면서 상상력을 키웠다고 한다. 『어린왕자』에는 상상력으로 그린 아름다운 세계가 놀랍도록 펼쳐져 있다. 거듭 말하지만 시를 쓸 때는 상상력이 중요한 만큼 체험도 중요하다(소설은 특히 더 그렇다).

자신의 직접 체험으로 문학사에 남는 불멸의 명작을 쓴 작가들이 있다. 앙드레 말로는 캄보디아의 체험으로 『왕도』를 썼고, 중국에 장기간 체류하면서 그 유명한 『인간 조건』을 썼다. 생텍쥐페리는 비행기 조종사의 체험으로 『남방우편기』『야간비행』『인간의 대지』 등을 남겼고 헤밍웨이는 세계 일차대전에 참전한 체험으로 『무기여 잘 있어라』를 탄생시켰으며, 스페인 내란을 여러 차례 취재한 체험으로 『누구를 위하여 종은 울리나』를 썼다. 네루다는 직접 참전은 하지 않았지만 스페인을 좋아한 간접 체험으로 『가슴 속의 스페인』이란 시집을 내기도 했다. 내 시에도 「직소포에 들다」 「마음의 수수밭」 「추월산」 「몽산포」 「동해행」 등이 체험을 하고 난 뒤에 쓴 시들이다.

　　바람이 먼저 능선을 넘었습니다 능선 아래 계곡 깊고 바위들은 오래 묵묵합니다 속 깊은 저것이 모성일까요 온갖 잡새들, 잡풀들, 피라미떼들이 몰려 있습니다 어린 꽃들 함께 깔깔거리고 버들치들 여울 타고 찰랑댑니다 회화나무 그늘에 잠시 머뭅니다 누구나 머물다 떠나갑니다 사람들은 자꾸 올라가고 물소리는 자꾸 내려갑니다 내려가는 것이 저렇게 태연합니다 無等한 것이 저것밖에 더 있겠습니까 누가 세울 수 있을까요 저 무량수궁 오늘은 물소리가 더 절창입니다 응달 쪽에 자란 나무들이 큰 재목 된다고, 우선 한소절 불러젖힙니다 자연처럼 자연스런 세상에서 살고 싶습니다 나는 저물기 전에 해탈교를 건너야 합니다 그걸 건넌다고 해탈할까요 바람새 날아가다 길을 바꿉니다 도리천 가는 길 너무 멀고 하늘은 넓으나 공터가 아닙니다 무심코 하늘 한번 올려다봅니다 마음이 또 구름을 잡았다 놓습니다 산이 험한 듯 내가 가파릅니다 雉俗고개 다 넘고서야 겨우 추월산에 듭니다

—「추월산」 전문

　시를 쓸 때 모티브가 되는 것들이 있다. 좋은 시가 동기를 유발시 키기도 하고, 생활 체험이나 상상, 침묵에서도 또는 소설을 읽다가 어느 한 구절이 창작의 모티브가 되기도 한다. 나의 시 「산행(山行)」 은 양귀자의 단편 「숨은 꽃」이 모티브가 되었고 고흐의 그림 〈슬픔〉 이 「비오는 날」의 모티브가 되었으며 「발 없는 새」는 오정희의 단편 「옛 우물」이 모티브가 되었다.

　직소폭포가 「직소포에 들다」를 쓰게 했고 몽산포 바다가 「몽산포」 를 쓰게 했다.

　영화 〈일 포스티노〉에서 네루다에게 편지를 전하던 우편배달부가 시인으로 변모해가는 과정을 보여주고 마지막에 "나는 그것이 어디 서 왔는지 모른다. 그게 겨울이었는지 강이었는지 언제 어떻게인지" 라는 네루다의 시가 자막에 펼쳐진다. 나는 그때 "시는 이 세계를 드 러내면서 다른 세계를 창조한다"는 옥타비오 파스의 말을 생각했다. 시인은 존재의 의미를 묻기 시작한 순간부터 시의 모티브를 찾아 떠 나고 현실에 없는 그 무엇을 찾기 위한 충동은 계속된다. 그 충동이 바로 결핍된 세계에 대한 시인들의 반응이다. 그래서 그 어떤 시도도 창작의 출발점이 되는 것이다.

당신은 시를 어떻게 쓰는지 알지만
나는 왜 쓰는지를 안다

언제나 그렇듯이 내 침묵은 누구와도 가까이할 수 없는 곳에 다가 간다. 모든 것이 정지된 듯 숨을 죽이고 모든 빛깔은 분해되지 않은 검은 빛이다. 나 자신이 마치 그곳에 분해되어 침묵의 일부가 되어버 린 듯 비로소 침묵은 내 것 같아진다. 내부에서 꿈틀대는 생명의 불 꽃은 어떤 비밀한 곳으로 물러나고 나를 괴롭히는 내 안의 빈 곳이 자리 잡을 정도로 침묵의 힘은 나를 끌어당긴다. 스스로의 의지에 의 해 스스로를 의지해온 것이다.

이 시간에 침묵은 나와 완전한 일체이다. 침묵은 움직이지 않는 슬픔이다. 침묵은 보이지 않는 발걸음으로 다가와 그 모습을 드러낸 다. 나는 문득 빛과 어둠의 화가 렘브란트가 그린 고독한 인물들을 생각해낸다. 심각하면서도 슬픈 표정의 인물들. 그는 일생 동안 초상

화를 그렸는데 그 속의 고독한 자는 바로 자기 자신이었다고 한다. 침묵을 완전히 표현할 줄 알았던 화가는 렘브란트뿐이었다고 장 그르니에는 말했다. 두려움과 불안을 스스로 감당할 수 있다면 말보다 침묵이 소외의 벽을 만든다고 말할 수는 없을 것이다. 말하는 것보다 침묵으로 서로를 말할 때가 더 좋을 때도 있다. 그럴 때 나는 시간이 정지해 있기를 간절히 원한다. 갑자기 나는 내가 찾던 것을 발견한 것처럼 침묵 속으로 뛰어든다. 내 영혼은 고요로 뒤덮이고 쓸데없는 말들은 침묵 밖으로 산산이 흩어진다.

침묵은 말하지 않으면서 말하는 가장 큰 말의 다른 표현이다. 내 안에는 언제나 말하지 않는 말의 침묵이 있다. 이것이 내 시의 비밀이다.

사막만년청풀은 이십오 년이나 땅속에 묻혀 살고, 나무 그늘에서 깃들어 사는 그늘나비는 석양 무렵이나 흐리고 어둔 날에만 날아다닌다. 황새는 울대가 없어 울지 못하고 낙타는 눈이 늘 젖어 있어 따로 울지 않는다. 주둥이 없는 새는 주둥이가 없어 먹지 못하고 일생을 배고파하다 죽을 때 한 번 울다 죽고, 가시나무새는 죽을 때 가시나무에 가슴을 찔리면서 단 한 번 울다 죽는다. 발 없는 새는 평생을 바람 속에서 살다 땅에 내려오면 죽는다고 한다.

이런 것들을 떠올릴 때마다 시인이란 제가 본 풍경을 제 운명으로 삼는 자들의 다른 이름이며 가장 의연하게 고독을 이겨내는 자들이라는 말이 생각나고, 운명에 만약이란 없다는 말도 생각난다.

내 안의 수많은 생각들이 무엇이 시를 정복하는가 묻는다면 아마도 나는 고독이라고 대답할 것이다. 그때부터 고독이 내 시작의 원동력이 될 것이라는 것을 크게 느낀다.

"나의 고독은 아무 거리낌 없이 당신의 고독을 알아본다." 자코메티의 조각상을 보고 장 주네가 한 말이다. 딱 일주일만 헤엄치고 다시 진흙 속에 박혀 죽은 듯이 사는 폐어(肺魚)처럼 살던 때를 생각한다. 그땐 시를 대하는 것이 만성적인 고통이 되었고 나의 오늘은 나의 어제를 거부했다. 나의 고독은 고통과 독대하는 것이었다. 이것이 내 시의 비밀이다.

"자네 강정 먹어본 적 있는가? 쌀가루를 술에 재어 구들에 말린 후 기름에 튀겨내면 누에고치 모양이 된다네. 깨끗하고 예뻐 먹음직스럽긴 해도 속이 텅 비어 있어 아무리 먹어도 배는 부르질 않지. 그뿐인가 이게 잘 부서져서 혹 불면 눈가루같이 날려버린다네. 그래서 사람들이 겉만 번지르르하고 실속 없는 것을 두고 '속빈 강정'이라고 말하지 않던가. 개암이나 밤 찹쌀 멥쌀 따위는 흔히 보고 늘 먹는 것이어서 사람들이 우습게 보지만 이것을 먹으면 배가 부르고 또 몸에도 이롭단 말일세. 그래서 제사상에도 오르고 폐백음식에도 이걸 쓰지 않던가. 나는 글 쓰는 일도 이것과 다를 바 없다고 생각하네. 겉만 번지르르하고 알맹이는 없는 그런 글보다 겉보기엔 평범해 보여도 읽고 나면 생각에 잠기게 하고 정신이 번쩍 들게 하는 그런 글이 정말 좋은 글이란 말이지. 정말 중요한 것은 그 안에 담긴 알맹이일 거란 말일세. 그런데 사람들은 속빈 강정만 예쁘다 하고 개암이나 밤 찹쌀과 멥쌀은 낮고 더럽다 하여 거들떠보지도 않으니 어찌 하겠는가 자네 생각을 말해주지 않으려나?"소천암(小川菴)이 써서 연암에게 준 『순패』라는 책 속에 있는 말이다.

"당신은 시를 어떻게 쓰는지 알지만 나는 왜 쓰는지를 안다."랭보가 베르렌느에게 공격적으로 한 말이다. 오래 전에 내가 내게 던진 질문이다. 랭보의 말은 마치 과거로 들어가 미래로 나오는 입고출신(入古出身)하는 새로운 작품 같다. 옛것에 대한 공부가 미래를 준비하는 것이라면 자기 갱신 또한 모든 좋은 것은 앞날에 있다고 말할 수 있을 것이다. 속빈 강정이 아닌 그 안에 담긴 알맹이는 끊임없는 질문 뒤에 얻어지는 것이다. 그러기 위해 나는 말을 부리지 않고 말에 봉사하며 새 질문자의 위치에 서고 각성자의 자리에 서 있으려고 끊임없이 나를 채찍했다. 그러나 내게는 그럴만한 힘이 없었다. 눈에 보이지 않는 무엇에 의해 모질게 구부러지고 시달림을 받아야 했다. 내 안에는 언제나 나를 괴롭히는 비명이 있었다. 내게 시란 삶을 철저히 앓는 위독한 병이었다. 아무것도 말할 수 없는 존재가 나인가? 물으면서 시 안에 담긴 알맹이를 찾으려고 시에 시달렸다. 그 시달림이 그 시절을 견디게 했다. 이것이 내 시의 비밀이다.

"나무의 몸속에는 떨켜가 있다. 떨켜는 낙엽이 질 무렵 잎꼭지가 가지와 붙은 곳에 생기는 특수한 세포층이다. 수분을 통하지 못하게 하고 이 부분에서 잎이 떨어지며 잎 떨어진 자리를 보호하는 역할을 한다. 나무에는 또 부름켜라는 것이 있어 매년 성장하면서 길게는 수천 년을 산다. 잠을 자는 나무의 몸 안에는 얼음 세포라는 것이 있다. 말 그대로 얼음물이다. 얼음들 사이에 끼어서 세포들은 잠을 잔다. 이 얼음물이 단열효과를 일으켜 세포들이 얼어죽지 않는다. 얼음물은 세포들보다 수천 배 크다. 봄이 오면 천천히 얼음물이 풀리고 봄눈 뜨기 시작하는 세포들에게 부드럽게 스며들면 새 잎이 피어난다."

시인정신은 평면에 굴복하지 않는 나무의 수직성과 같다. 어떤 훌륭한 시인이 있다면 그 시인의 시를 본받을 것이 아니라 그 정신을 본받아야 한다는 말을 오랫동안 옷처럼 입고 살았다. 속에서는 불꽃을 피우나 겉으론 한 줌 연기로 날려 보내는 굴뚝의 정신, 세찬 물살에도 굽히지 않고 거슬러 오르는 연어의 정신, 속을 텅 비우고도 마디가 굵어져도 굽어지지 않고 꼿꼿하게 푸른 잎을 피우는 대나무의 정신, 폭풍이 몰아쳐도 눈비를 맞아도 독야청청하는 소나무의 정신이 시인의 정신이라 믿으면서, 시마(詩魔)에 끄달리면서 궁하게 견뎌온 것이다. 정신이란, 고독을 공기처럼 필요로 해야 한다는 것을 안시기의 내 시의 비밀이다.

미국의 여성작가 텔마 톰슨은 전쟁 중에 남편을 따라 사막에서 군

대 생활을 한 적이 있었다. 그때 사막 생활을 견딜 수 없어 아버지한테 편지를 썼다. 도저히 견딜 수 없으니 이혼을 해서라도 집으로 돌아가겠다. 이런 곳보다는 차라리 감옥이 낫겠다는 내용이었다. 딸의 편지를 받아본 아버지가 이런 답장을 보냈다.

"두 사나이가 감옥에서 창밖을 바라보았다. 한 사람은 흙탕물을 다른 한 사람은 별을 보았다." 이 편지가 텔마 톰슨이 작가가 되는 계기가 되었다. 아버지가 보낸 단 두 줄의 편지를 소재로 『빛나는 성벽』이란 소설을 썼다. 작가가 된 뒤, 어느 인터뷰에서 텔마 톰슨은 이렇게 말했다. "나는 자신이 만든 감옥의 창을 통해서 별을 찾을 수 있었습니다."

땅속의 물을 부르기 위해 먼저 한 바가지의 물을 붓는 마중물처럼 누군가의 말 한마디가 한 사람의 미래를 태어나게 한다는 말을 나는 믿는다. '두드림'은 몸으로 배우고 긍정의 결로 보며 꿈을 꾸는 것 같다며 두드림을 'Do Dream'으로 본 명장 임동조 석공은 '너는 소질이 있다'는 스승의 말 한마디가 자신을 명장으로 태어나게 했다고 말했다. '너는 시인이 될 거야'라던 초등학교 사학년 때 김한숙 선생님의 말 한마디가 나를 시인으로 태어나게 했다. 그 말 한마디는 나를 시인이 되게 한 첫 말이며 첫 긍지를 심어준 말이기도 하다. 선생님의 말씀 한마디가, 창조의 놀이를 위해서는 거룩한 긍정이 필요하다는 니체의 말처럼 내 창작을 위해서도 필요한 거룩한 긍정이다. 첫 긍지는 첫 자부심이 되고 첫 자존심이 되었다. 이것이 유년시절에 닿

천 개의 곡조를 다룬 후에야 음악을 알게 되고,
천 개의 칼을 본 후에야 명검을 알게 되듯이
천 개의 시를 쓴 후에야 명시를 알게 되는 것이다.

아 있는 내 시의 비밀이다.

고리키의 단편 「매와 율모기」를 보면 죽음을 앞에 둔 매가 율모기에게 말하는 대목이 있다. "그래도 난 명예롭게 살았어. 기쁨이 뭔지 나는 다 알아. 나는 용감하게 투쟁했어. 하늘을 보았었지. 그대는 그렇게 가까이서 하늘을 본 적이 없을 거야. 휴, 불쌍한 그대." 그 말을 들은 율모기는 하늘을 날기로 결심하지만 날 수가 없자 "하늘을 나는 매력이란 바로 그런 것이로군. 낙하하는 것이었어. 새들은 참 우습지. 땅이란 걸 알지도 못하면서 땅에 있으면 괜히 하늘 높이 날아올라 푹푹 찌는 저 허공에서 삶을 찾으려 한단 말이야. 그쪽은 그저 허공일 뿐인데."

땅을 모르는 매와 하늘은 그저 허공일 뿐이라는 율모기처럼 문학이란 실재에 대한 배고픔이며 갈등과 결핍에서 출발하는 것이다.

시를 쓸 때마다 삶은 내 수난이며, 나는 수난에 바쳐진 제물(죄인)이란 생각이 들 때가 있다. 또 어느 땐 생이 몹시 불편하고 부당하다는 생각이 들 때도 있다. 빛을 보고도 눈을 감아버리는 것은 자신을 어둠 속에 가두는 것과 같다는 것을 알면서도 나는 수난에 나를 바쳤다. 희망을 버리는 것이 어리석다는 것을 안 것도 그때였다. 그때 시에 대해 다른 눈을 뜨게 해준 것은, "시를 쓰는 것은 숨을 쉬는 것과 같다"는 네루다의 절절한 말이었다. "나에게는 글(시)을 쓰는 것이 숨을 쉬는 것과 마찬가지다. 숨을 쉬지 않으면 살지 못하고 글을 쓰지 않으면 역시 살지 못한다." 처음 마음을 내었을 때가 문득 깨달았을 때라는 말은 옳았다.

"하, 이거, 나는 결코 그걸 못했을 거야! 라고 말하는 것은 너무나 쉬운 일입니다. 하지만 우리는 우리의 시간을 그처럼 못할 거야! 라고 푸념하면서 보내죠. 그러면서 우리가 정말 할 수 있었던 것을 알지 못한 채 죽고 그것을 모를 것입니다." 이 말은 질 들뢰즈가 뱅센 대학에서 강의할 때 학생들에게 한 말이다. 학생들에게 한 말이 나에게 한 말처럼 느껴지던 때가 있었다. 나는 그때 내가 할 수 있는 일까지도 하지 않고 있다는 것을 스스로 느끼면서, 나 자신이 죽어가고 있다는 생각이 들었다. 누구나 자신의 예술을 사랑하게 되면 어떤 희생도 아끼지 말아야 한다는 말이 천둥번개처럼 나를 때렸다. 나한테 주어진 삶의 몫을 제대로 살지 못했다는 반성이 왔다. 그 반성이 내 목숨에 대한 반성문을 쓰게 했다. 이것이 내 시의 비밀이다.

"산에 대해 말하라면 나는 먼저 숲을 말하고, 숲에 대해 말하라면 나는 먼저 새를 말하고, 새에 대해 말하라면 나는 먼저 울음에 대해 말하고, 울음에 대해 말하라면 나는 먼저 물에 대해 말하고, 물에 대해 말하다보면 어느새 산 아래 내려와 있다."

내가 쓴 시는 숲속의 나뭇잎처럼 많지만 살아 있는(좋은 시) 시는 손바닥 안의 잎처럼 작으니 이것이 내가 저지른 억울함이다. 억울함을 호소하는 신문고라도 있으면 실컷 울리고 싶지만, 내 속에서 자란 비명소리가 더 클 테니 멈출 수밖에.

나에게는 나도 모르는 위기극복의 유전자가 있는 것 같다. 이것이
또 내 시의 비밀이다.

산 아래 내려와 무엇인가 쓰다 생각해보니, 오늘은 내 입속의 말
이 쓰고, 내 맘속의 일이 쓰다. 쓰고 쓴 것이 시다. 또 생각해보니 내
시 속의 비밀도 쓰다.

천 개의 시를 쓴 후에야
명시를 알게 된다

이솝 우화에 나오는 이솝은 못생기고 벙어리인 노예지만 여신에게 베푼 선행으로 뛰어난 말솜씨를 선물받는다. 그의 기발한 지혜는 말로써 빛을 냈고, 그는 논리로써 질서의 힘을 얻었다. 그의 말솜씨에 왕도 고개를 숙였고 철학자들의 지적 허영까지도 여지없이 무너뜨려버렸다.

세상에서 가장 귀한 것과 가장 악한 것을 가져오라는 주인의 요구에 '세상에서 가장 귀한 것도 혀요, 가장 악한 것도 혀'라고 대답한다. 주인은 어안이 벙벙했다. 이때 어안은 바로 혀다. 이솝의 생각에 혀, 곧 인간의 말은 학문을 세우고 법을 만들기도 하지만 모든 시기와 음모를 만들어내는 것이기 때문이다.

말의 홍수, 말의 천둥, 말의 번개를 맞는 것처럼 말로써 말많은 요즈음 이솝 우화가 가끔 생각난다. 이솝 우화를 떠올리면 웬일인지 가시고기와 개와 개구리와 넙치가 떠오르기도 한다. 가시고기는 빨간색만 보면 흥분해서 경쟁하려 하고 개는 청각은 뛰어나지만 완전한 색맹이라, 개가 보는 세상은 오래된 텔레비전 흑백화면과 같고 개구리는 눈이 고정되어 있어서 물체가 움직이지 않으면 아무것도 볼 수 없으며 넙치는 위장의 명수다. 어쩌면 세상의 형태가 이와 같지 않을까.

요즘 세상은 아무것도 보이지 않아서 두려운 것이 아니라 무엇을 보게 되어 더 두렵다. 이때 부아가 난다. 부아는 바로 허파(폐)다. 보이지 않는 것과 어둠은, 있음을 깨닫게 하는 심연의 근거가 되지만 원초적일 때 그 강도는 더욱 강해진다.

원래 세상은 이판사판이지만 지금은 그 경계도 무너지고 있는 것 같다. 그래서 두려움의 반대는 용기가 아니라 믿음이라 했을 것이다. 이런저런 생각이 들 때마다 나는 침묵의 언어를 듣고 싶어진다. 그래야 문심(文心)이 생길 것 같다.

말은 침묵이 근접할 때 가장 사람의 마음에 와 닿는 것이다. 시인들이야말로 어떤 시대 어떤 곳에 살더라도 말을 찾는 존재일 것이다. 어느 시인은 시란 침묵에 사다리를 놓는 것이라고 했다. 시란 그 안에 깊은 독을 지닌 강력한 말이므로 시인은 언어에 끌려다니지 말고 언어를 주재해야 한다. 시의 새로움이란 어떤 시대에도 변하지 않는 진실을 품고 있는 것으로 결정된다. 진실은 그 자체로 호소력이 있기 때문이다.

일상에 길들여진 정신에선 새롭고도 우수한 시가 태어날 수 없을 것이다. 그러므로 남의 시를 읽을 때 눈여겨보아야 할 것은 말을 다루는 솜씨이다. 그 솜씨는 새로운 발견과 인식과 묘사에 대한 가늠이다. 시든 사람이든 말의 선택, 말의 표현, 말의 운용이 매우 중요하다. 전체의 조화나 균형이 잘 되지 않았을 땐, 수정과 퇴고가 필요한 것이다. 시는 무엇을 말하는 게 아니라 '어떻게'에 주목해야 하기 때문이다. 어느 작가는 "깡통따개는 중심에서 가장 먼 가장자리를 돌지만 그것이 깡통뚜껑을 따는 최선의 방법"이라 했고 어떤 작가는 중심의 둘레에서 맴돌면서 중심의 핵심으로 들어가는 것이 최선의 방법이라 생각한다고 했다.

요즘 시인들은 단순한 생활, 깊은 생각을 하는 것이 아니라 복잡한 생활, 얕은 생각을 하고 있는 것 같다고들 한다. 제멋에 겨워 산다고는 하지만 제멋에도 격은 있다. 제멋에 격이 없으면 제멋이 아니라 제멋대로 사는 것밖에 되지 않는다. 자신이 스스로 싸워 이기려 하지 않고 상대방을 흠집 내서 이기려 드는 사람들도 있다. 자신과 다르면 인정하지 않고 무조건 적이 되는 안티 문화도 있다. 차이와 차별을 구별하지 못하는 셈이다. 그것이 안타깝던 끝에 「차이를 말하다」라는 시가 태어났다.

그날 당신은 다르다와 틀리다 사이에는 차이가 있다고 말했지요 당신 생각에는 동의하지 않지만 다르다는 것은 인정한다고도 말했지요 그 말 듣는 날이 얼마였는데 어떤 일이든 절대적 차이가 있는 것은 아니라고 말하다니요 정도의 차이가 중요한 것이라고 말할 때마다 나는 또 몇번이나 자기를 낮추는 것과 낮게 사는 것은 다른 것이라 생각했을까요 고독 위에 우두커니 서 있는 나를 당신은 독락당(獨樂堂)에 우뚝 세워놓습니다 오늘은 독수정(獨守亭)이 고독을 지킵니다 처음으로 즐기는 것이 지키는 것과 정도 차이라고 당신은 말합니다 내 의견에 한 의견을 슬쩍 올려놓고 보아요 그래도 다른 것은 다른 것이고 내 생각 깊은 자리한 생각 잠시 머뭇거려도 그 자리 다른 것은 다른 것이지요 저 자연스러움과 자유스러움이 차이 그 차이로 차별 없이 당신과 나는 나를 견뎠겠지요 다르다와 틀리다 사이에서 한나절을 또 견디겠지요

—「차이를 말하다」 전문

진정한 비판이란 당사자를 화나게 하지 않고 부끄럽게 하는 것이며 슬프게 하지 않고 아프게 하는 것이다. 대안이 없는 비판보다 발전을 낳는 격려가 얼마나 따뜻한가. 이런 것을 모른다면, 우리는 우리의 인생에서 돌이킬 수 없는 일을 저지르고 말 것이다. 인생에서 돌이킬 수 없는 것은 쏘아버린 화살이고 내뱉은 말이며 지나간 시간이고 게으름의 결과이다.

돌이킬 수 없는 것을 생각할 때마다 나는 어느 평자와 어느 시인의 말을 꺼내 다시 읽는다. 유성호 평론가는 유폐나 숙성을 자처하는 외로움, 자발적 소외를 좀 많이 하는 시인들이 나타났으면 좋겠다며 시인들을 향해 외쳤고, 손택수 시인은 시인이란 자신에게 스스로 유배를 내리고 황무지를 찾아가는 존재라는 비장한 말을 던지고 있다.

1800년에 안데르센이 쓴 『증조할아버지』란 책에 이런 대사가 나온다. "옛날이 좋았어. 훨씬 여유가 있었지. 하지만 지금은 누구나 정신없이 달리기 경주만 하고 있단 말이야." 어쩌면 이백 년 전에도 지금 세상과 똑같은 말을 하고 있었다니…….

며칠 전 세종문화회관 뒷길에 쌓인 낙엽을 밟으며, 지나가는 늦가을을 아쉬워하며 걷고 있었는데 어떤 사람이 은행나무를 마구 흔들고 있었다. 한꺼번에 잎이 떨어지더니 앙상한 가지가 드러났다. 바람이 아니라 사람이 떨어뜨린 은행잎들을 보다 참을 수 없어 무슨 권리로 나무를 괴롭히느냐고 한마디 했다. 그러자 며칠만 있으면 다 떨어질 텐데 조금 빨리 떨어뜨려 쓸어버리려는 것이 무슨 잘못이냐며 큰소리를 쳤다.

몇 년 전 이어령 장관이 낙엽을 쓸어버리지 말라고 해서 멋진 가을을 느끼며 그 길을 걷던 생각이 떠올라 쓸쓸하고 또 쓸쓸했다. 이곳은 아름다움도 자랄 수 없는 곳인가 싶었다. 그때 문득 문단 풍토를 생각했다. 나이든 시인들을 낡은 시인으로 취급하는 요즈음 풍토

내가 독자와 소통하는 구멍은 시밖에 없으니 모르는 독자여,
내 시가 기울 때는 그대들이 떠받쳐주고, 시의 바람벽에
작은 구멍이라도 뚫어 가난한 이들과 소통하게 해주시라.
그러면 나도 세상에 드러나 부끄럽지 않은 시인이 될 것이니…….

가 마치 나무를 흔들어 잎을 빨리 떨어뜨려 쓸어내는 것 같다는 생각
이 들어 더욱 쓸쓸했다.

시인에게는 나이가 있지만 시인이 쓴 훌륭한 작품에는 나이가 없
는데도, 원고 청탁이나 문학상마저도 자꾸 젊은 쪽으로 기울어지고
있다. 나이든 시인이라고 작품이 늙은 것도 아니며 젊은이라고 해서
작품이 반드시 젊은 것도 아니다. 나이든 시인도 젊은 시를 쓸 수 있
고 또 쓰고도 있고, 젊은 시인 중에는 도사연(道士然)하는 시를 쓰는
시인들도 더러 있다.

낡은 것과 오래된 것은 다르고 전통적인 것과 진부한 것은 다르다.

새로운 것만이 인생의 가치는 아닐 것이다. 심지어 골동품도 오래
될수록 그 가치가 높아지는데 왜 나이 든 시인들은 골동품보다 못한
늙은이로만 취급되는지 알 수 없다. 젊다는 것은 길을 잘못 들어도
돌아 나올 시간이 있어서 좋은 것일 뿐이다. 전통 없는 보편이 없고
전통 없는 실험도 없으며 보수 없는 진보도 없는 것이다.

천 개의 곡조를 다룬 후에야 음악을 알게 되고, 천 개의 칼을 본
후에야 명검을 알게 되듯이 천 개의 시를 쓴 후에야 명시를 알게 되
는 것이다. 바람이 아니라 사람의 폭력으로 떨어지는 나뭇잎을 보면
서 내가 아팠던 것은 살기 위해 쓰는 것이 아니라 쓰기 위해 살아온
나이 든 시인들을 생각했기 때문이다. 젊어야 젊은 시를 쓴다고 잘못
판단하는 사람들. 그들은 과연 절차탁마(切磋琢磨)란 말과 시수(詩瘦)

란 말에 얼마나 공감할까. 아마도 낡은 옛말로 치부해버릴지도 모른다. 시 쓰기에 너무 골몰하다 여윈 젊은 시인이 얼마나 되며, 시 쓰느라 골수에 사무치는 고통을 느낀 젊은 시인이 또 얼마나 될까.

시 쓰는 괴로움을 가슴속에 가을 서리 내린듯 한다던 옛 시인들이 아무래도 다시 내 시의 길라잡이가 될 것만 같다.

밀란 쿤데라가 『불멸』에서 시의 천분은 "존재의 한 순간을 잊을 수 없는 것이 되게 하고 견딜 수 없는 향수에 젖게 하는 데 있다"고 썼을 때 나는 "영혼의 맑은 샘이 마르지 않도록 마음 밭에 잡초가 돋아나지 않도록 그렇게 살아가겠다"던 누군가의 말이 떠올랐고 "시인의 역할은 남들이 할 수 있는 것을 말하는 것이 아니라 말할 수 없는 것을 말하는 것이다"라는 누군가의 말도 생각났다.

결국 문학은 평자들이 말해왔듯, 인간이 어떻게 삶을 극복하고 살아가는가를 가르치는 것이란 생각이 새삼 든다. 실제로 우리는 얼마나 많은 우연과 비극을 눈감고 살아가고 있는 것일까라고 개탄하는 어느 평자의 말에도 공감하지 않을 수 없다. 그럼에도 그런 것은 별 문제가 아니라고 생각하는 사람들도 많다는 것이다. "닫아걸고 살기는 열어놓고 살기보다 한결 강력한 삶이다"라는 파스칼 키냐르의 말이 좋아, 원고지 앞에 앉아 '백지의 공포'라는 말을 통해서 스스로 시인으로 살아가는 삶의 고통을 고백한 말라르메를 생각한다. 그럴 때마다 『잃어버린 수평선』의 배경이 된 곳, 상그릴라가 그립다. '마음속의 해와 달'이라는 뜻의 상그릴라. 가보지 않아 마음속에만 떠 있는 상그릴라! 이럴 땐 어안(혀)도 부아(폐)도 세상과 상관없이 조용하다.

좋은 시란 무엇인가

"창조라는 것은 앞서 만든 모든 것을 무너뜨리는 데서 출발하는 것이다. 무너뜨릴 때 뒤돌아보지 않고 무너트린다. 공든 탑도 무너뜨리고 새로 쌓기……"는 황동규 시인의 말이다.

'공든 탑이 무너지랴'는 말에 익숙했던 탓인지, 공든 탑은 무너뜨려선 안 된다고 생각하던 나에게 공든 탑을 무너뜨리고 새로 쌓기란 말은 충격이었다. 인식의 놀람은 생명의 눈뜸과 같은 것이란 말은 옳았다. 그때 나는 창조의 파괴란 말을 생각했다. 파괴함으로써 다시 창조하는 것이 공든 탑을 무너뜨리고 다시 쌓는 것과 크게 다르지 않다는 생각이 들었다.

거듭남의 시학은 과거를 깨뜨리고 획득한 정신의 자유이며 해방을 의미하는 것이란 말에 나는 공감했다. 그때 문득 잭슨 폴락이 생각났다. 잭슨 폴락은 어느 날 물감을 땅바닥에 떨어뜨리는 우연한 실수로부터 액션 페인팅을 시작했다고 한다. 그 말이 생각났을 정도로 공든 탑 무너뜨리고 새로 쌓기란 말에 공감했던 것 같다. 나에게는 공든 탑도 무너뜨리고 다시 쌓기란 말이 너무 의외였기 때문이다. 한 시인이 여러 번의 변화와 변모를 거쳐서 자기를 만들어가는 과정이 중요하다는 것을 새삼 깨달았다.

공든 탑 무너뜨려서 다시 쌓지 않고 변모하지 않는다면 시가 항상 똑같은 연장선상에서 제자리걸음을 하게 될 것이다. 시는 백화점의 정찰제가 아니고 진열장의 전시품이 아니다. 백화점 정찰제라는 말을 하니까 잊혀지지 않는 한승헌 변호사의 절묘한 말이 생각난다. 70년대 긴급조치 시절, 항상 똑같은 형량으로 선고하자 그는 "우리나라 정찰제는 백화점이 아니라 법정에서 비롯됐다"는 쓰디쓴 말을 했다.

"좋은 시는 무의식을 취한다. 시는 체험이라는 자양분을 빨아들여 꽃을 피우는 무의식이다. 그것은 빵이기도 하다. 먹어도 먹어도 허기가 가시지 않는 꿈의 빵이다. 시는 이 세계를 드러내면서 다른 세계를 창조한다. 시는 선택받은 자들의 빵이자 저주받은 양식이다." 옥타비오 파스가 『활과 리라』에서 한 말이다.

다른 무엇으로도 대체되지 않고 다른 어떤 것으로도 대신할 수 없는 것이 시다. 그래서 시는 써도 써도 허기가 진다. 내가 선택했지만 시가 잘 되지 않을 때는 저주받은 것 같은 느낌마저 들게 된다. 시는 언제나 평화적인 것 같다. 모든 것을 다 가져가고 나에게 남겨준 것이 시라는 희망이기 때문이다.

오랜 방황 끝에 내가 다시 시를 쓰기 시작했을 때, 원고지에 한 자한 자 씌어지는 글자들을 보는 기쁨과 고마움은, 내게 남은 유일한 진실은 내가 때때로 울었다는 사실뿐이라는 뮈세의 말로써밖에 달리 표현할 수가 없었다. 그때 맨 먼저 태어난 시가 「그믐달」이었다. 내가 다시 살아봐야겠다고 마음 먹었을 때 가장 먼저 떠오른 사람은 어머니였다. 「그믐달」은 내가 시인이 되고 처음으로 어머니를 생각하며 쓴 시다.

암 수술 후, 오른팔을 못 쓰면 왼손만이라도 연주해야겠다는 생각에서 라벨의 〈왼손을 위한 협주곡〉을 눈물을 흘리며 들었다는 피아니스트 서혜경씨는 퇴원한 뒤에 맨 먼저 〈호프만의 뱃노래〉를 쳤는데, 오른쪽 손가락이 움직일 때의 그 감사와 환희는 기쁨의 눈물로 대신할 수밖에 없었다고 고백하고 있다. 그 고백을 들으며, 나도 다시 시를 쓰는 기쁨을 눈물로 대신했던 생각이 났다. 그녀는 재활 훈련을 하며 연주 계획을 세웠다고 한다. 항암치료를 받은 지 사 개월 만에 건강한 사람들도 치기 어렵다는 〈라흐마니노프 피아노 협주곡〉을 쳤던 것이다. 이 곡은 영화 〈샤인〉에서 데이비드 헬프캇이 연주하다가 미쳐버린 곡이다. 서혜경의 연주가 끝났을 때 객석은 온통 눈물바다가 되었다. 그 연주는 자신만을 위해서가 아니라 병마로 인해 좌절하고 고통 받는 환우들에게 희망의 메시지를 전하기 위해서였다고 한다. 나는 그 기사를 읽으면서 그녀가 참으로 아름다운 건 배고픈 영혼들을 위한 밥 한 그릇 같은 연주를 했다는 것이라 생각했다. 연주한 모든 것들 가운데서 그녀의 연주는 피를 찍어서 건반을 울린 영혼의 연주였을 것이다.

사람이 내는 소리의 가장 깨끗하고 묘한 것이 말이라면, 악기가 내는 가장 아름다운 소리는 사람의 영혼이 내는 소리다. 시를 쓸 때 손으로 쓰지 않고 영혼으로 쓰고, 피아노를 칠 때도 손으로 치지 않고 영혼으로 친다면, 그 시와 피아노 연주는 누구에게라도 감동을 줄 것이다. 어떤 일에 자기를 다 바친다면 그것만으로도 그의 삶은 광채를 얻는다.

진부한 것에 생명을 불어넣고, 익숙한 것을 새롭게 만드는 것. 그것이 시인의 창조적 정신이며 시의 발견이다. 한 편의 뛰어난 시는 단 한 줄로 된 현악기이며 한 곡의 뛰어난 피아노 연주는 건반 위의 공기를 들어올리는 소리다.

시나 연주는 평범해선 안 된다. 특징적인 점을 포착해 집중적으로 묘사하거나 연주해야만 성공한 작품이라 할 수 있다.

시를 쓰는 것과 연주를 하는 것은 영혼과 마주한다는 의미에서 서로 통한다고 생각한다.

좋은 시는 읽는 사람을 감동시키는 동시에 깊은 생각에 잠기게 하듯이, 훌륭한 연주도 사람을 감동시키는 동시에 깊은 생각에 잠기게 하기 때문이다.

가장 고통스럽게 정직할 때
절창이 나온다

나는 왜 시를 쓰는가를 생각할 때마다 나는 왜 시인으로 살아가는 가와 연관지어 생각하게 된다. 시를 어떻게 쓸 것인가를 생각할 때에도 시인으로 어떻게 살아갈 것인가를 생각하게 되고, 시란 나에게 무엇인가도 함께 생각하게 된다.

시를 쓴다는 것은 과연 무엇인가? 진정한 시인이라면 이 간단한 물음을 언제나 자신의 가슴속에 매달고 살 것이다. 자신에게 시란 세상의 헛것과 싸울 수 있는 유일한 방책이기 때문이다. 시와 함께 험한 세상을 건너가야 한다는 생각이 들 때마다 "배움에만 힘쓰고 깊이 생각하지 않으면 도리에 어둡고 생각하기만 하고 배움에 힘쓰지 않으면 위태롭다"는 공자의 학문론으로서 가장 중요하다는 대목이 생각난다. 나는 이 대목을 내 공부의 신조로 삼고 있다. 공자의 말에서 배움은 독서를 뜻한다. 시를 쓸 때에도 깊이 생각하고 배움에 힘쓰면 좋은 시를 쓸 수 있을 것이라는 생각이 든다.

시인이 온몸으로 온정신으로 시를 써서 좋은 시가 되면 그 시는 독자들이 읽어야 할 충분한 이유가 된다. 그런 시는 독자들에게 다양한 삶을 이해하게 하고 깨닫게 하기 때문이다.

소리판에서 소리꾼의 소리를 정확하게 알아듣는 귀명창 때문에 소리명창이 만들어지듯이, 시의 경우도 시를 깊이 보는 뛰어난 독자들이 있어야 뛰어난 명시들이 태어나게 되는 것이다. 지하철 스크린도어에 적혀 있는 시들을 볼 때마다 시인은 시에 책임을 져야 하고 독자는 제대로 시를 보는 안목을 길러야 한다는 생각이 더 절실해진다.

쉬운 시라고 해서 나쁜 시가 아니며 어려운 시라고 해서 좋은 시는 아니다. 시가 쉬워서 독자들과 소통이 되는 것이 아니라, 공감할 수 있어야 소통이 되는 것이다. 독자들과의 소통을 위해서 시가 쉬워지는 것은 오히려 시의 질을 떨어뜨리는 요인이 되므로 바람직한 일은 아니라고 생각한다.

시는 세상과의 소통을 전제로 써야 한다. 한 편의 뛰어난 시는 어떤 의미에서 언어의 포용력과 융통성을 극대화시키기도 한다. 그것이 시가 독자와 소통할 수 있는 큰 힘이다. 살아 있는 좋은 시란 정신이 없는, 정신이 빠진, 약한 정신의 발기부전을 치유하는 명약이다. 글을 쓰지 않더라도, 시인이 아니라도 자신의 삶에 시 한 편을 들여

놓고 산다면 물질로 풍부하게 사는 것보다 풍성하게 존재하는 삶이
될 것이다.

　문학이란 결국 삶에 대해 끝없이 질문을 던지고, 존재에 대해 깊
이 성찰하는 것이라고 생각한다. 시인들이란 삶을 너무 과식해서 배
탈이 난 자들이지만 그 배탈을 시로써 치유하며 독자들을 구원하고
자신도 구원하는 것이다. 그때의 구원은 소통에서 온다. 소통이란 마
음과 마음이 서로 통하는 것이다. 소통에도 마음이 없으면 통하지 않
는다. 내 시에도 마음이란 말을 쓴 시 몇 편이 있는데, 「마음의 수수
밭」 「마음의 달」 「마음의 경계」 「마음의 지진」 등이다. 이렇듯 마음은
내 화두(話頭)다. 화두는 마음이 먹는 밥이다. '영혼이 육체의 비밀을
규정한다'는 말은 맞는 것 같다. 모든 것은 마음먹기에 달렸다고 하
지만 마음은 먹어도 먹어도 배고픈 것 같다. 마음을 잘 먹지 못하고
마음과 몸이 엇갈려 병이 날 때, 그것이 다 마음 탓이라고 생각하다
보면 동심(童心)에도 천심(天心)에도 시심(詩心)에도 마음이 들어 있
는 것을 알게 되고, 가장 순수한 것에는 언제나 마음(心)이 들어 있다
는 것도 새삼 깨닫게 된다. 내 마음이 독자들의 마음을 살피기 위해
서라도 초심(初心)이던 동심을 내 시심 속에 들여놓아야겠다.

　문학을 삶의 중심에 놓고 시인이 되려는 독자들에게 이런 말을 들
려주고 싶다. 시인이 되려면 새벽하늘의 견명성(見明星)같이, 밤에도

자지 않는 새같이, 잘 때에도 눈을 뜨고 자는 물고기같이, 몸 안에 얼음 세포를 가진 나무같이, 첫 꽃을 피우려고 이십오 년이나 땅속에서 기다리는 사막만년청풀같이, 일 킬로그램의 꿀을 찾기 위해 오백육십만 송이의 꽃을 찾아가는 벌같이, 성충이 되려고 천 일을 물속에서 견디며 스물다섯 번 허물을 벗는 하루살이같이, 얼음 구멍을 찾는 돌고래같이, 하루에 칠십만 번씩 철썩이는 파도같이 제 스스로를 부르며 울어야 한다. *자신이 가장 쓸쓸하고 가난하고 높고 외로울 때 시인이 되는 것이다.

나는 내 독자들을 사랑하면서 두려워한다. 시에 대해 두려움을 가지듯이 독자들에게 두려움을 가지는 것은 독자들의 시선이 나를 가로막지 않기 때문이다. 그것이 오히려 나를 두렵게 한다. 그러나 그 두려움으로 나는 나의 시에 박차를 가한다. 독자들이 이런 내 마음을 알아주는 것 같을 때, 시집을 두 손으로 내밀며 내 마음을 받으려고 할 때, 그때처럼 감동적일 때가 없다.

나는 내 독자들을 아끼면서 기다린다. 내 시를 읽어주고 품어주는 독자들이 없었다면, 내 시들은 어디에서 길을 찾고 눈을 뜰 수 있었을까. 나의 독자는 나의 채찍이다. 준마(駿馬)는 채찍 그림자만 보고도 달린다. 그래서 나는 내 시들이 시든 채로 있는 것을 견딜 수가 없

---

* 백석의 시 「흰 바람벽이 있어」에서 빌려옴.

다. 시의 고갈이 올 때마다, 그 결핍과 갈등이 다시 시를 쓰게 한다.

가장 고통스럽게 정직할 때 절창이 나온다는 말은, 마음속 우물처럼 나를 비춘다. 그 우물이 마르지 않도록, 시의 고갈과 싸우고 있다. 그것이 막혀 있는 삶의 통로를 뚫고 나아가려는 나의 의지이다. 내가 독자와 소통하는 구멍은 시밖에 없으니 모르는 독자여, 내 시가 기울 때는 그대들이 떠받쳐주고, 시의 바람벽에 작은 구멍이라도 뚫어 가난한 이들과 소통하게 해주시라. 그러면 나도 세상에 드러나 부끄럽지 않은 시인이 될 것이니…….

무엇을 어떻게 보느냐가
중요하다

산에 갈 때마다 나는 산과 나의 거리에 대해 생각해본다. 거리가 있어야 사물을 객관적으로 볼 수 있기 때문이다. 산과의 거리가 좁혀질수록 산을 잘 볼 수가 없다. 산에 들기 전에 보는 산과, 산에 든 뒤에 보는 산은 많은 차이가 있다. 숲은 멀리서 보면 나무가 보이지 않고 숲속에 있으면 나무는 잘 보이지만 숲을 볼 수 없다. 무엇이든, 심지어 사람까지도 적당한 거리를 둘 때 더 잘 보이는 것이다.

등산을 하면서 깨닫는 것은 시든, 사람이든, 산이든 그 사이에는 적당한 거리가 있어야 한다는 사실이다. 사물과 나 사이에 적당한 거리를 둘 때 사물이 더 잘 보이게 되고, 모든 사물에게서 생명력을 탐색하는 상상력을 갖게 되는 것 같다. 그렇게 될 때 좋은 시를 쓸 수 있다고 생각한다. 그 거리가 주관을 객관화시켜주기 때문이다.

숲만 보고 나무는 보지 못한다면, 나무만 보고 숲은 보지 못한다면 산을 잘 보았다고 말할 수는 없을 것이다. 눈으로 본다는 것, 그중에서도 거리를 두고 본다는 것은 시를 쓰는 데도 중요한 것이다. 그래서 시인을 보는 사람 즉 견자(見者)라 했을 것이다. 보는 눈에 따라 시인의 생각과 완성된 작품 사이에는 상당한 차이가 있을 것이다.

처음 시를 쓸 때는 어린아이가 처음 세상을 보고 놀라듯, 대상을 낯설게 경이롭게 보게 된다. 그러나 나이가 들수록 익숙해져서 사물의 가장 본질적인 특색이나 특성을 잘 보지 못하고 장님이나 색맹처럼 되어버린다. 그것은 경이롭게 보던 눈을 잃어버리고 평범한 눈을 갖게 된 때문이다. 익숙한 눈으로 세상을 보는 것은 대상을 보는 눈이 새롭지 못하다는 뜻이다.

대상과 거리를 두지 못하고 사물을 보는 눈이 흐려지거나 사물에 대한 독자적 인식을 갖지 못한다면 이미 기성시에 눈이 물들었다는 증거이기도 하다. 보는 눈이 물들었다는 것은 개성적인 안목을 잃었다는 것과 같다. 개성에 대한 욕망은 차이에 대한 욕망이다. 가장 높고도 쓸쓸한 시인의 눈빛은, 어린아이가 처음 세상을 보듯 경이로운 눈으로 바라볼 때처럼 세상을 보는 눈빛 바로 그것이라야 한다. 그처럼 어떤 사물, 어떤 현상도 난생 처음 보듯 바라보는 눈을 가져야 할 것이다. 눈뿐이 아니라 마음도 함께 가져야 한다. 시심(詩心)은 동심(童心)과 같은 것이다. 그러기 위해선 자기가 이미 알고 있는 상식이나 고정관념의 잣대를 버리고 '낯설게 하기'를 해야 한다. 이 낯설게

부처님은 왜 수많은 비유를 들어 설법을 했을까.
그 까닭은 비유야말로 진리에 도달할 수 있는
가장 적합한 말법이기 때문이다. 해체를 말한 데리다도
진리에 도달할 수 있는 지름길은 비유에 있다고 하지 않았는가.

하기가 바로 대상과의 거리두기이다.

'낯설게 하기'란 러시아 형식주의자라고 일컬어지는 일군의 문학 이론가들이 시의 기능을 '사물에 대한 낯설게 하기'라고 규정한 데서 따온 말이라고 한다. 귀를 귀라고 말하는 것은 낯선 것이 아니지만 귀를 소라껍질이라고 할 때는 새로운 인식이 되는 것이다.

일주일에 한 번씩 산에 가지만, 산은 일주일 전의 그 산이 아니듯 갈 때마다 낯설고 새롭다. 분명 그 산인데 느낌이 다르고 눈으로 보는 것이 다르다. 산에 갈 때마다 생각하는 것은, 내 시도 자연처럼 어제 다르고 오늘 다르듯이 변모할 수는 없을까, 이다. 변화 없이 반복되는 시를 보는 것처럼 권태로운 것도 없을 것 같다. 권태가 반복을 낳고 반복이 변화를 막는다. 몇 년 동안 권태가 나에겐 가장 큰 적이었다.

시 쓸 때도 반복처럼 큰 적은 없다. 시는 설명이 아니라 표현의 대화이기 때문이다. 반복하지 않기 위해서라도 긴장과 절제는 놓지 않아야겠다.

시를 쓸 때는 무엇을 어떻게 보느냐가 중요하기 때문이다. 이미지가 선명해지려면 소리를 듣는 것보다 사물을 눈으로 보는 것이 낫다. 어떻게 보느냐에 따라 인식이 달라지고 새로운 발견을 하게 된다. 그러나 그 놀라운 시간도 그리 길지는 않다. 자신과 영혼이 교감되는 순간은 찰나처럼 지나가버리기 때문이다. 그래서 릴케는 『말테의 수기』에서 '나는 보는 법을 배우고 있다'고 했고, 니체는 『우상의 황혼』

에서 '사람들은 보는 것을 배우지 않으면 안 된다'고 했을까. 그래서
시인은 설명하지 않고 대상을 우리 앞에 보여주는 것일까.

비유는 얼마나 사람을
자유롭게 만들어주는가

시를 쓸 때 비유는 시적 장치의 필수다. 은유와 상징도 마찬가지. 윤동주는 「쉽게 씌어진 시」에서 시인을 슬픈 천명에 비유했고 사람의 몸을 가장 아름다운 소리를 내는 악기에 비유한 시인도 있다. 어머니의 사랑은 바다에 비유되고 인생을 연극에 비유하기도 한다. 나의 마음은 고요한 물결, 이것은 소리 없는 아우성 등은 은유이고 태양은 광명, 어둠은 죽음, 물은 여성을 상징한다.

"신문은 생선회, 주간지는 건어물, 월간지는 통조림, 단행본은 포"라는 비유가 너무 재미있다. 일본 어느 평론가의 글인데 적절한 표현인 것 같다. 그렇다. 신문이란 하루만 지나면 신선도가 떨어지는 생선회다. 정말 대단한 비유 아닌가. 시인은 은유를 잘하고 평론가는 비유를 잘하는 사람이란 걸 새삼 알게 된다. 글 쓰면서 살아가는 사람들에게 적절한 비유처럼 재미있는 일이 더 있을까 싶다.

얼마 전 국회의 날치기 통과를 보면서 세상은 참 희한한 연극 무대가 아닌가 싶었다. 땅! 땅! 땅! 너무 빨리 내리치는 방망이 소리가 벼락 치는 소리 같아서 연극의 효과음으로 착각했을 정도였다. '벼락같은 국회'라면 국회에 대한 적절한 비유가 될까. 그렇다면 그 벼락에 감전되는 사람들은 무엇으로 비유하면 좋을지 알 수 없는 노릇이다. 정신 못 차리는 무리들이 마치 우리 속을 뛰쳐나온 짐승들처럼 보였다. 먹이에만 미쳐 날뛰는 짐승들에 비유하면 너무 심한 비유일까. 왜 그 사람들을 위한 아름다운 비유는 없는 것일까.

내가 가장 좋아하는 아름다운 비유는 아프리카 수수께끼다. 손으로 씨를 뿌리고 눈으로 거두는 것은 무엇인가, 라는 수수께끼인데 답은 글쓰기와 읽기란다. 손으로 뿌리는 것을 글쓰기에 비유하고 눈으로 거두는 것을 읽기에 비유한 아프리카 사람들은 비유의 명수다. 비록 문명은 우리보다 뒤떨어졌지만 그들의 정신은 우리보다 한 수 위다. 처음 그 수수께끼를 대했을 때, 아픈 아프리카가 아니라 높은 아프리카가 내 눈앞에 펼쳐지는 듯했다.

아프리카의 수수께끼에 감탄한 얼마 뒤에 인디언식 명명법이 또 나를 놀라게 했다. 아메리카 인디언들은 주변 풍경의 변화와 그들 마음속의 움직임에 따라 달(月)의 이름을 지었다. 인디언식 명명법이다. 그 명명법이 놀라운 비유다. '십일월은 모두가 사라진 것은 아닌

달' '오월은 오래 전에 죽은 이를 기억하는 달' '삼월은 마음을 움직
이게 하는 달' '십이월은 다른 세상의 달'. 그냥 지나가는 세월에게도
명명해주는 인디언들이 꽃보다 더 아름답다면 적절한 비유가 될 수
있을까.

부처님은 왜 수많은 비유를 들어 설법을 했을까. 그 까닭은 비유
야말로 진리에 도달할 수 있는 가장 적합한 말법이기 때문이다. 해체
를 말한 데리다도 진리에 도달할 수 있는 지름길은 비유에 있다고 하
지 않았는가.

그런 생각을 하다보면 "세상은 온통 병원이다. 모두 불치의 병을
앓고 있는 환자다"라고 쓴 어느 날의 내 일기 한토막도 비유가 될 수
있을까. 아니면 "당신은 들국화 같다"거나 "세상이 꽃밭 같았으면 좋
겠다"는 말도 비유라 할 수 있을까. 비유란 자기의 생각대로 표현되
는 상상력의 보고이다. '심량은 광대하여 마치 허공과 같다'라는 비
유는 얼마나 사람을 자유롭게 만들어주는가.

꽃 같은 처녀, 숲 같은 청년, 눈(雪) 같은 신부, 단풍 같은 노인, 물
같은 사람, 이라는 비유는 왜들 안 하는 걸까. 물방울 같은 눈물방울
이라던가, 눈망울 같은 꽃망울이라는 비유가 내 평생의 재산이 되었
으면 좋겠다. 시인으로써 말의 만석꾼이 되고 싶다.

살아 있는 좋은 시

죽은 듯한 겨울나무에서 꽃이 피는 것을 보다보면, 시창작과정이 우주의 비밀을 드러내는 개화 과정과 일치한다는 말을 생각하게 한다. 오늘은 오월의 마지막 날인데, 옛 사람들은 이날을 춘미(春尾)라고 불렀다고 한다. 봄의 끝이라는 뜻이다.

봄이 겨울로부터 오는 것이 아니라 침묵으로부터 오는 것이라면 여름은 봄으로부터 오는 것이 아니라 초록의 전율로부터 시작되는 것이 아닐까 싶다. 그처럼 여름은 초록으로 꽉 찬다. 나무들을 보면서 나는 문득 인생의 목적은 자신을 아는 데 있고, 글쓰기의 목표는 글 속에 햇빛을 반짝이게 하는 데 있다고 한 말을 곰곰 생각해본다. 그때 나는 시인도, 온몸으로 꽃을 피우는 저 나무들처럼 살아 있는 말의 거부(巨富)가 되어야 한다고 생각한다.

시를 어떻게 쓸 것인가 고심할 때 나는 가끔 『아라비안 나이트』를
떠올린다. 중세 아랍 문학의 대표격인 『아라비안 나이트』에 여자 노
예 타와우드 얘기가 나온다. 타와우드는 재색을 겸비한 노예인데 빚
진 금화 일만 디냐르에 팔려간다. 팔려간 집 주인이 장기가 무엇이냐
고 묻는다. 그때 타와우드는 "시 짓는 일에 뜻을 두고 우드를 잘 타며
그 곡에 맞춰 어떻게 노래를 잘 부를 것인지, 그 현을 어떻게 잘 울릴
것인지 터득하고 있다"고 대답한다. 그녀의 '어떻게'란 말이, 시는 무
엇을 쓸 것인가보다 무엇을 어떻게 쓸 것인가가 더 중요하다는 말에
겹쳐져 그녀의 지혜에 감탄하게 된다.

시를 쓸 때는 자기가 표현하려는 대상에 가장 잘 들어맞는 적절한
한 가지 단어를 찾아내야 한다. 아무 말을 적당히 갖다 붙이거나 이
미 다른 사람이 써버린 말은 쓰지 말아야 한다. 그렇게 되면 독창적이
고 개성 있는 시를 쓸 수 없게 된다. 시인은 누구와도 닮지 말아야 하
고 누구의 시를 흉내 내서도 안 되기 때문이다. 그리고 또 시에 오류
를 범하지 말아야 한다. 없는 것을 상상력으로 새롭게 만드는 것과 있
는 사실을 왜곡시키는 것은 엄연히 다르다는 사실을 잊어서는 안 될
것이다.

어느 신인의 시에 소쩍새가 겨울에 운다고 썼고 또 어느 시인은
떡갈나무가 가을에 잎을 떨어뜨린다고 썼는데 그것도 오류다. 소쩍
새는 늦은 봄부터 이른 여름까지 울고, 떡갈나무는 겨울 내내 누런

잎을 달고 있다가 새싹이 나올 때 잎을 떨어뜨린다. 실수하는 것과 오류를 범하는 것은 다른 것이다. 시를 쓸 때는 오류도 용납되지 않는다. 시인이 되기 전에 시에 대한 기본 공부부터 해야 할 것이다.

고래의 부패한 내장에서 용연향이 나오고 귤은 썩을 때 가장 강한 향기를 내며, 풀은 베일 때 가장 강한 풀냄새를 풍긴다고 한다. 그렇다면 시는 언제 가장 기막힌 절창을 할 수 있을까?

시의 완성은 7의 영감과 3의 노력으로 이루어지는데 7의 영감도 3의 노력 없이는 완성되지 않는다. 3의 노력이란 공부를 말한다. 공부가 뒷받침되어야 한다는 말과 같다. 공부란 마음 공부, 자연 공부, 책 공부, 인생 공부, 사람 공부 등등이다. 시야말로 가장 순수한 형태의 정신감응이다.

시는 감정의 해방이 아니라 감정으로부터의 탈출이다. 시를 쓸 때 자신의 감정을 어떻게 표현하는가보다 사물을 어떻게 볼 것인가가 더 중요하다고 일찍이 엘리엇이 말한 바 있다. 사물을 어떻게 보느냐에 따라 새로운 인식과 새로운 발견을 하게 되는 것이다. 가령 유리컵에 반쯤 담긴 물의 선을 보고 수평선을 발견한 것이나, 시장 아주머니가 쟁반을 층층이 이고 가는 것을 보고 쟁반탑을 발견한 것은 시인들의 놀라운 발견이다. 놀라운 발견이 독자들의 가슴을 뚫고 새로운 인지의 충격을 주는 것이다. 시인 말라르메가 귀뚜라미 소리를 "무(無)에 스며드는 소리"라고 했을 때 시인 이브 본느프와가 "이 무슨 놀라운 발견인가"라며 감탄한 것도 읽는 이들에게는 인지의 충격이다. 독자들은 시를 느낄 수 있는 정신감응으로 가슴속에 어떤 메시지를 받을 수 있는 것이다.

남이 보지 못하고 볼 수 없는 것을 새롭게 발견하는 것은 낯익은 세계를 낯설게 하는 것과 같다. 새로운 발견이 살아 있는 시를 쓰게 한다. 자기만의 유레카(발견)가 있는 시가 개성 있는 자신만의 독특한 세계를 가지는 것이다. 시는 어떤 재미와도 바꿀 수 없는 삶의 축복이며 삶의 누추함을 뛰어넘는 힘이라고 나는 생각한다. 그 힘 때문인지 시인들은 시에 대해 여러 정의를 내리고 있다.

네루다는 시란 세계의 육체적 흡수라 했고, 밀란 쿤데라는 시의 목적은 놀랄 만한 사고로 우리를 눈부시게 하는 것이 아니라 존재의 한 순간을 잊혀지지 않는 순간으로 만드는 것이라고 했다. 또 이상은 시는 궁해야 정교해지고 절망이 기교를 낳는다고 했고 워즈워스는 모든 훌륭한 시는 강력한 감정이 저절로 넘쳐흐르는 것이라 했으며 유종호는 훌륭한 시는 제각기의 방식으로 존재한다고 했다. 실비아 플라스는 시란 자기 안에 있는 비명을 풀어내는 일이라고 정의하고 있다.

살아 있는 좋은 시는 이해하기 전에 먼저 느낌이 공유되는 것이다. 시 쓰는 일에 너무 빠른 것 너무 늦은 것 따위는 없다. 시는 발전하는 것이 아니라 변화하고 변모하는 것이기 때문이다. 시가 성공을 거두는 요인은 사물과 나의 적정한 거리두기와 시적 화법을 통한 메시지의 전달이다.

시 쓰기란 어느 땐 심장과 뇌수를 짜도 고갈될 때가 있고 어느 땐 시가 무슨 보복처럼 쏟아져 나온다고 시인들은 말한다. 그러나 평론가 정과리는 요즘 시인들은 시에 운명을 걸지도 않고 시에 순정을 바치지도 않는다고 쓴소리를 한다. 운명도 걸지 않고 순정도 바치지 않으니 절창 또한 나오지 않는다고 개탄한다. 시인들은 지금 반성문을 써야 할 것 같다.

요즘 난해한 시들이라고 하는 젊은 시인들의 시를 보면 엽기적인 것들이 있는가 하면 미래를 열기 위한 실험시도 있다. 무조건 비판할 수는 없다. 난해한 것 같지만 시의 행간에는 놀라운 발견이 있고 전통을 수용하면서 전통을 깨는 새로움이 있어, 독특함을 느끼기도 하고 공감을 하기도 한다. 난해함과 불편함이 난해하지 않고 불편하지 않게 느낄 때도 있다. 그러나 어떤 시들은 언어가 절제되지 못하고 너무 산만해서 지루할 때가 있다. 다변이나 요설, 사담이나 장황함이 엽기적이고 즉흥적이며, 사소한 말들이나 직설 등이 시다운 시를 위협하는 것처럼 보이기도 한다. 그러나 그들은 아직 쓰지 않은 시들을 미래처럼 품고 있을 것이다.

3부
──────────

시는 나의 생업

아무나 잘 살 수 없다

겨울에도 시들지 않는 푸른 나무들을 보면 울만의 「청춘」이란 시가 생각나고, 죽은 듯한 겨울나무에서 환한 꽃이 피는 것을 보면, 꽃이 우주의 비밀을 드러내는 것 같아 마치 한 편의 시를 완성했을 때처럼 어떤 기쁨이 가슴을 떨리게 한다. "청춘이란 인생의 어떤 기간이 아니라 마음 상태를 말하는 것이라네"로 시작되는 울만의 시는 나이가 들수록 깊은 감동을 받게 된다.

젊었을 땐 청춘이란 말이 오히려 어색하게 생각되었는데, 나이가 들어 청춘이란 말이 내게서 어느덧 사라지고 다시는 그 말이 나에게는 맞지 않게 되었을 때, 쓰다가 버린 시처럼 새삼 아쉽고 애절하게 생각된다. 그래선지 「청춘」이란 시 중에서 내가 좋아하는 구절은 "나이를 먹어서 늙는 것이 아니라 이상을 잃어서 늙어간다"는 구절과

"세월의 흐름은 피부의 주름살을 늘리나 정열의 상실은 영혼의 주름
살을 늘린다"는 구절이다. 이 구절은 누구한테나 들려주고 싶을 정도
로 나를 늘 자극한다. 이상과 정열을 잃으면 늙어진다면서 내 마음의
끈을 바짝 조여매게 한다.

이처럼 삶에서 마음가짐이 얼마나 중요한가를 이 시에서도 느낄
수 있다.

이상과 정열을 잃지 않고 꿈을 버리지 않는다면, 나이가 들어도
영혼의 주름살은 늘리지 않을 것이라 생각한다. 현실만 있고 꿈이 없
는 삶은, 꽃 한 송이 피우지 못하고 시든 나무와 같은 것이다. 삶에서
중요한 것은 화려한 생활이 아니라 나를 살리는 의미 있는 삶이다.
마음 기댈 곳 없는 현실의 틈바구니에서 그래도 마음 붙일 수 있는
작은 공간을 마련해준다는 점에서 문학은 존재할 만한 가치가 있다
고 말하고 싶다. 그러나 사람의 영혼에 울림을 주고 감동을 주는 '교
감의 공간'을 만난다는 것은 쉬운 일이 아닐 것이다. 사람이 기쁨에
너무 굶주리면 마음이 피폐해진다. 그럴 때 좋은 시 한 편이라도 만
나 감동할 수 있다면 그것이 바로 기쁨이고 교감의 공간이 될 것이라
생각한다.

좋은 시 한 편을 읽고 하루를 느끈히 보낼 수 있고, 한 편의 감동
적인 시를 평생 가슴에 넣고 살아가는 사람도 있을 것이다. 이렇듯
시로써도 삶의 질을 높일 수 있는 것이다. '삶의 질'이란 말은 미국

작가 프리스틀리가 제일 먼저 쓴 말인데, 그가 어느 글에서 "모든 시민에게 한층 더한 안정과 보다 나은 가치와 보다 고귀한 삶의 질"이라고 쓴 데서 빌려온 것이라고 한다. 삶의 질이란 사람이 사람답게 살 수 있고, 아름다운 생활을 설계할 수 있으며 사람을 참으로 행복하게 해주는 것이라 말하고 있다.

나는 이 말을 바꿔 "시인이 시인답게 살 수 있고, 살아 있는 시를 쓸 수 있으며 시인을 참으로 잘 살게 해주는 것"이 시인의 '삶의 질'이 되었으면 좋겠다고 생각한다.

물질의 풍부함은 생활을 편리하게 해주는 필요조건은 되겠지만 사람을 사람답게, 아름답게, 행복하게 해주는 충분조건은 될 수 없을 것이다. 물질이 아무리 풍부해도 영혼이 가난하면 풍요롭게 살 수는 없을 것 같다. 마음가짐에 따라 삶의 질도 달라지게 되는 것이다.

미국 시인 헨리 워즈워스 롱펠로는 생전에 두 번이나 아내를 잃고 불행한 삶을 살았지만 그의 시는 아름다웠다. 임종 직전 어느 기자가 그 비결을 묻자 그때, 롱펠로는 창밖의 사과나무를 가리키며 말했다. "저 나무는 늙었지만 해마다 사과를 주렁주렁 맺는다. 나는 고목을 보지 않고 저 나무의 새순을 보았다."

우리들이 참되게 사는 것은 풍부하게 소유하는 데 있지 않고 풍성하게 존재하는 데 있어야 할 것 같다. 탄산음료들이 산더미처럼 쌓인다 해도 진짜 샘물이 필요 없는 것은 분명 아닐 것이다.

누구나 시를 쓸 수 있지만 아무나 좋은 시를 쓸 수 없듯이, 누구나 살고 있지만 아무나 잘 살 수는 없을 것이다. 잘 산다는 것은 나를 살리고 내 삶을 살린다는 뜻이다. 내가 생각하는, 생활에서 실천할 수 있는 잘 사는 방법은 우선 매일 아침 처음 하는 말을 좋은 말부터 시작하고, 헛말 헛소리를 되도록이면 하지 않는 것이다. 그리고 시 한 줄이라도 읽는다면 하루의 시작은 푸른 나무 한 그루를 보는 것과 같을 것이다.

모든 것은 마음먹기에 달렸다고 하니, 우선 참마음으로 자신을 찾는 공부를 해보는 것이 어떨까 생각해본다. 어려운 때일수록 자신을 잃어버리면 삶이 망가지기 때문이다. 자신을 잃으면 삶이 망가지고 삶이 망가지면 시도 쓸 수 없게 된다. 이것이 시를 쓸 때마다 내가 가지는 걱정 중의 하나다. 무엇보다 마음가짐이 중요하다. 마음의 중심을 잡고 시에 몰두할 때 비로소 시가 내게로 온다는 것을 시를 쓸 때마다 느낀다. 마음은 시를 반사해주는 거울이다.

어떤 이가 시서화(詩書畵)로 일세를 풍미했던 조희룡에게 시를 빨리 짓는 법을 묻자 "구름이 흘러가고 비가 오며 새가 우짖고 벌레가 우는 것이 모두 마음에 관계되지 않는 게 하나도 없다. 길을 가거나 서거나 앉거나 눕거나 잠시라도 잊어서는 안 된다. 이에 따라서 생각의 길이 트이고 예리해진다"라고 했다. 시를 쓸 때 굳어지기 쉬운 마

한 가지 일에 평생을 바친다는 것은
운명을 거는 것과 같다고 생각한다. 운명을 걸지 않았다면
어떻게 그토록 고통스러운 일에 혼신을 바칠 수 있겠으며
돈도 밥도 안 되는 시가 무슨 재미가 있을까.

음을 생동감 있게 반응하기 위해선 집중하는 것이 중요하다. 마음을
집중하는 것, 그것을 통해 시인은 절실한 시의 지평을 열 수 있는 것
이다.

한 가지 일에
평생을 바친다는 것

    나에게 시는 무엇이며 시를 통해 내가 찾는 것은 무엇인가 생각해
본다. 시가 밥 먹여주는 것도 아니고 시가 나를 편안하게 해주는 것
도 아닌데 무엇이 왜 나를 이 고통스럽고도 피 말리는 일에 등을 떠
미는 것일까 생각해보게 된다. 생각만 바꾸면 다른 직업을 가질 수도
있고 다른 직업을 가진 적도 있었는데 왜 시인으로만 살려고 하는지
자신에게 묻게 된다. 그때 나는 주저없이 잘 살기 위해서라고 대답
한다. 어떤 일을 해도 시만큼 나를 살려주는 것은 없는 것 같다. 시인
된 지 올해로 오십 년이 되었지만 시를 못 쓰고 산 얼마 동안은 살고
있어도 사는 것 같지 않았다.

    생활 때문에 시와는 전혀 다른 일을 해야 한다는 자괴감이 나를
괴롭혔다. 어떤 시인은 '시가 곧 생활'이고 '시 쓰는 일이 숨쉬는 일'

이라고 했는데 나는 생활 때문에 시를 버렸던 것이다. 내 자책인지 그땐 그 말들이 어떤 말보다 나를 더 힘들게 했고 마음을 쓰라리게 했다. 시가 더 이상 내 삶 속에 무엇이 되지 못한다면 살아야 할 이유가 없을 것 같았다. 살기 위해 나는 나를 바꿔야만 했다. 그때부터 시가 내게로 올 수 있는 어떤 것이든 발견하기 위해 죽을 각오로 여러 곳을 떠돌았다.

직소폭포에서 수수밭으로, 동해에서 몽산포로, 원근리에서 고하리로, 무심천에서 소리봉으로, 버스 종점에서 새벽시장으로 발품을 팔 듯 돌아다녔다. 한낮에도 북극성을 보는 심정으로 수없이 돌아다닌 끝에 시의 본자리로 돌아올 수 있었다. 그때 만난 모든 것들이 새로운 시가 되어주었던 것이다. 중요한 것은 사물 속에 있는 것이 아니라 시선 속에 있었다. 그 시들은 죽음에서 다시 쓴 내 목숨에 대한 반성문이다. 나는 죽음에서 다시 살아나 내가 하던 일과는 다른 어떤 것, 내 몸과도 같은 시를 쓰고 싶었다. 내 시는 어쩌면 신산스런 내 삶의 절망이 부양한 것인지도 모르겠다. 절망이 키운 내 시를 내 팔자로 생각하고 생업(生業) 또는 시업(詩業)이라 생각한다. 시업과 사업을 혼동하는 사람들이 늘어나는 요즘은 시집이 너무 많고 시인도 너무 많아 가끔 시멀미가 날 때가 있다. 하지만 내 삶에서 시가 주는 의미는 아직도 크다. 시는 내가 사는 이유이며 살아낼 가치이며 일생의 표지이다.

농부들의 손을 여든여덟 번 거쳐야 쌀이 되듯이, 한 편의 시를 완성하려면 수많은 파지를 버려야 한다. 그 과정에서 완성까지가 나에게는 괴로운 기쁨이다. 시를 쓸 때는 괴롭지만 좋은 시를 얻었을 땐 그보다 더한 기쁨이 없기 때문이다. 그처럼 시는 나를 찢고 나온 내 분신이다. 그 분신은 나를 아프게도 하고 나를 믿게도 한다. 내가 시에 헌신하면 몇 배로 기쁨을 주고 조금만 소홀히 하면 영락없이 앙갚음을 한다.

시는 그렇듯 내 삶에서 여러 모습으로 존재한다. 시는 내 삶에서 끊임없이 나를 충전시켜준다. 갖가지 매혹으로 나를 사로잡기도 하고 때론 환멸을 주기도 하는 애인 같은 존재이다. 그러나 때론 나를 새롭게 해주고 나를 밝게 해주며 나를 철들게 해주는 유일한 존재다.

시는 내가 본 만큼 쓰게 하고 내가 발견한 만큼 쓰게 하는 내 삶의 저자(著者)다. 그래서 나는 시와 소통할 때 가장 덜 외롭다. 지금은 시 외의 어떤 삶도 내게는 의미가 없다. 시가 내 인생을 바꿔놓았기 때문이다. 시는 이제 내 삶에서 떼어내버릴 수도 어쩌지도 못하는 운명처럼 되어버렸다. 마치 한 집에서 오랜 세월 동고동락하며 끈질기게 살아온 조강지처 같은 존재가 되어버린 것이다.

한 가지 일에 평생을 바친다는 것은 운명을 거는 것과 같다고 생각한다. 운명을 걸지 않았다면 어떻게 그토록 고통스러운 일에 혼신을 바칠 수 있겠으며 돈도 밥도 안 되는 시가 무슨 재미가 있을까. 시는 나에게 던져진 운명처럼 존재한다. 나를 끌고 가는 시가 없었다면 따라가는 나도 없었을 것이다. 내 삶에서 시는 단독정부의 수반처럼 무서운 권력을 쥐고 있다. 좋은 시는 내 정신의 르네상스를 맞게 해주고 그렇지 않은 시는 나를 정신의 이방인으로 소외시킨다. 시가 나에게 주는 가장 큰 의미는 나를 늘 질문자의 위치에 서게 하고 각성자의 위치에 서게 해준다는 사실이다.

시가 잘 쓰여지지 않고 발표한 시도 버리고 싶을 때, 발표한 시 때문에 밤잠을 설치고 괴로워할 때 '이 끝없는 짓을 왜 하지'라며 잠깐 정신을 놓을 때가 있다. 그럴 때는 시처럼 지독한 형벌이 없고 시처럼 지독한 천형도 없다. 첫 시집을 내고 몇 년이 걸려 낸 시집이 별다른 변모도 없이 전 시집의 연장선상에 머물러 있을 때는 시가 구원이다가도 지옥처럼 느껴진다. 수없이 파지를 내고도 시 한 편 제대로 얻지 못할 때는 시가 두려워지고 이러다간 영영 시를 못 쓰게 되는 것은 아닐까 불안해지고 조바심이 나게 된다. 그럴 때 나는 새벽시장에 가거나 버스 종점에 간다. 그곳에서 많은 것을 느끼고 깨닫는다. 밤 열두시부터 그 이튿날 한시까지 꼬박 열두 시간 넘게 자지도 않고 깨어 있는 그들을 보면 그들이 마치 용맹 정진하는 수행자들 같고, 차들의 떠남과 돌아옴이 되풀이되는 시 쓰기와 같아 어떤 고통도 고뇌도 없이 이루어지는 일이란 어디에도 없다는 것을 느낄 때마다 정신의 끝을 조여맨다. 고통 없는 성장이 없듯이 고통을 통하지 않고 좋은 시를 얻겠다는 것은 인생에 절망해보지 않고 진실한 삶을 살려고 하는 것과 다르지 않을 것이다.

　내 시도 내 삶의 고통 속에서 태어난다. 그때의 시는 절실하고 진
정한 내 삶의 다른 모습이다. 나는 죽을 때까지 시를 쓰면서 진보할
생각이다. 벌새나 파도처럼 나는 내 몸을 얼마나 쳐서 시를 쓰며 시
를 쓰는 순간에만 존재하는 시인의 자리를 지킬 수 있을까. 그 자리
를 지킬 수 있을 때 시는 내 자작(自作) 나무이며 내 전집(全集)이다.
그러니 시여, 제발 내 손을 놓지 말아다오.

무엇에도 흔들리지 않고
무엇과도 바꿀 수 없는

세상에서 가장 좋은 것이 물이라고 하지만 물보다 등불이라고 말하는 시인도 있을 것이다. 왜냐면 시인의 정신이란 사람을 찾겠다고 대낮에도 들고 다니던 디오게네스의 등불 같은 그 등불이 무엇과도 바꿀 수 없는 시인의 정신이기 때문이다. 디오게네스의 조언을 구하러 갔던 왕이 디오게네스에게 무엇이라도 도와줄 것이 없느냐고 물었을 때, 그는 왕에게 햇빛을 가리고 있으니 비켜달라고 했다고 한다. 세상을 밝게 비춰야 할 햇빛, 그 햇빛이 그 무엇에도 가려지지 않는 시인의 정신이기도 하다.

조의조식(粗衣粗食)하는 디오게네스에게 부자 친구가 "고개 수그리는 법을 조금만 알아도 호의호식할 수 있을 텐데"라고 하자 "조의조식하는 법을 조금만 알면 고개 숙이고 알랑방귀는 뀌지 않아도 되는 것을……" 하고 그가 말했다. 그가 말한 그 조의조식의 정신, 그 정신이 그 무엇에도 흔들리지 않고, 그 무엇과도 바꿀 수 없는 시인의 정신이 아닐까.

시인은 가장 어둡고 가장 춥고 가장 배고픈 속에서도 정신을 놓지 않고 줏대를 지켜야 하고 또 그런 사람이어야 한다. 항상 변화하면서도 정신을 잃지 않고, 끝없이 떠돌면서도 정신은 흔들리지 않는 사람들이어야 한다. 같은 소리 반복하지 않고 남의 흉내내지 않는 나만의 시, 원본을 파본으로 만들지 않는 뼈대 있는 시, 허명보다 실명에 당당한 시, 그런 시가 결핍을 메우는 좋은 시일 것이다.

자신의 고독과 고통, 불행과 결핍을 자양분으로 삼아 자라는 존재가 시인들이며 그 자양분으로 새롭게 뜨겁게 씌어지는 것이 시이다. 또 창작이란 그것들 사이로 자신의 길을 그려나가는 것이다. 시를 쓸때 정신을 놓치는 것은 환경이 오염되는 것과 다를 바가 없다. 환경을 살려야 사람이 잘 살 수 있듯이 정신이 살아 있어야 좋은 시, 살아있는 시를 쓸 수 있을 것이기 때문이다.

시는 잡초의 다산 전략이 아니며, 꽃의 개화 전략도 아니다. 기생전략은 더욱 아니다. 흡착판이 있는 덩굴손처럼 남의 시의 물과 영양분을 교묘하게 흡수하는 시들이 있는가 하면 햇빛을 더 받기 위해 덩굴손으로 다른 시들을 덮어버리는 시들도 있다.

시인은 시를 위해서라면, 외부의 그 어떤 전략도 유행도 유혹도 뿌리칠 수 있어야 할 것이다. 시와 현실의 괴리 때문에 어려운 문제

가 있다 할지라도 늘 그것이 시(詩)인가를 묻고 시이면 가고 시가 아
니면 가지 말라고 말할 수 있어야 한다.

산을 오르는 사람에게는 어떤 책보다 산 자체가 교과서이고 참고
서이겠지만 시를 쓰는 시인은 무엇보다 시로써 평가된다는 사실을
잊어선 안 될 것이다. 그러므로 시는 시인보다 위대하다고 했을 것이
다. 시인에게 시쓰는 일은 시작도 끝도 없고 처음과 마지막이 없다.
시인에게 시는 초발심(初發心)으로 쓰는 세계이며, 시를 쓰는 순간에
만 살아 있는 것이다. 그래서 시를 쓸 때 마음속에 늘 시의 나라가 세
워지고 파괴되는 것이다.

시인은 시의 완성을 위해 끊임없이 새로운 언어로, 끊임없이 새로
운 집을 짓고 허물어버려야 한다. 실패하거나 좌절할 때마다 새 출발
이 필요한 것이 시의 업, 시업(詩業)이다.

낯선 곳이 궁금하거나 지나온 것들이 그리울 때 나는 시업에 대해
생각해본다. 누가 뭐래도 평생 지고 가야 할 괴로운 기쁨, 시는 나의
천년업인 것 같다.

손으로 잡을 수는 없지만 뚜렷이 존재하는 시의 정신, 그 정신으
로 꺼지지 않는 시의 등불을 켜고 싶다. 등불을 든 사람은 떠나도 등
불은 남는다. 그 등불이 꺼지지 않는 시인의 정신일 것이다. 오늘따
라 대낮에도 등불을 들고 사람을 찾던 디오게네스가 그리워진다. 그
그리움으로 시를 쓸 때마다 그 등불이 시를 찾는 등불이 되기를 나는
바란다.

시를 놓치면 세상을 놓치는 것

폭우에 집을 잃고 빈 집터에 못처럼 박혀 있던 사람들을 보며 절
망한 자 앞에서는 위로조차 사치스럽고, 못 가진 자 앞에서는 신까지
도 가해자라고 생각한 적이 있었다. 사람들이 어쩌지 못하는 어떤 운
명에 색깔이 있다면 아마도 피와 진흙이 끈끈하게 범벅이 된 어둠의
색깔일 것이라고 생각한 적도 있었다. 그때 내가 바로 절망한 자였
고 내가 바로 어둠의 색깔이었다. 사람한테 절망한 나는 사람이 무서
워서 산속으로 들어갔다. 이른 봄, 아마 삼월쯤이었을 것이다. 산길을
걷다 멈춘 자리에, 잔설 속에서 어린 풀이 돋아나고 있는 게 눈에 들
어왔다. 눈 속에도 이미 봄이 와 있었구나! 저 어린 풀도 눈 속을 뚫
고 싹을 틔우는데, 사람인 내가 죽을 생각만 하다니, 라는 생각이 들
자 나는 나 자신한테 부끄러웠다. 그때 문득 "이 세상에서 좋아하는

일을 하면서 양식을 얻어 사는 사람이 몇이나 될까. 나는 그런 점에서 작가의 길로 들어서게 해준 신에게 감사할 따름이다"고 한 올더스 헉슬리의 말이 생각났다. 아, 참! 나도 시인의 길로 들어섰지. 그런 점에서 나도 신에게 감사해야 하지 않을까……라는 생각이 들자 내 삶은 누구의 것도 아닌 내 몫이며 내가 극복해야 할 일이라는 것을 깨달을 수 있었다. 그 순간 삶에 대한 어떤 결의가 다져졌다. 죽을 결심으로 산다면 이겨내지 못할 일이 없을 테고, 고통을 축복으로 만들 수도 있을 것이라는 생각이 들었던 것이다. 어쩌면 그것이 앞으로 내가 생각하고 써야 할 내 시의 주제일 것 같았다.

고통과 절망을 나눌 수 있는 것은 누구도 아닌 시라는 것을 그때야 비로소 깨달을 수 있었다. 시는 나의 구원이며 치유라는 것을 알게 되었던 것이다. 시를 놓치면 세상을 놓치는 것이라 생각하며 오직 시에 매달렸다. 내가 시를 외면했을 때 시도 나를 외면하더니, 내가 시와 손을 잡았을 땐 시도 내 손을 힘껏 잡아주었다. 내가 살길은 시와 함께 가는 길이었다. 하늘은 모든 것을 다 가져가고 시라는 희망 하나를 내게 남겨주었다.

절벽에 매달리는 심정으로 원고지에 매달렸고, 하늘을 향해 비는 마음으로 시와 두 손을 잡았다. 나는 내가 쓰고 싶은 시가 되기를, 시가 원하는 내가 되기를 빌고 또 빌었다. 다시 한 번 시만이 내 유일한 살길이라는 것을 절감했다. 시가 내 유일한 진실이고 동반자라는 것이 그렇게 믿음직스럽고 고마울 수 없었다. 시의 등에 한없이 기대고

싶은 심정이었다. 네덜란드 화가들이 그린 농부들의 움직임과 생동
감 같은 정적과 침묵 속에서 평야 하나를 가지려 애썼다. 들판은 침
묵하면서도 많은 것을 키워내지 않는가.

시는 나의 들판으로 내가 詩앗을 뿌릴 수 있게 해주었고 세상의
냉혹함과 사람에 대한 상처까지도 이겨낼 수 있게 해주었다. 그 이겨
내는 힘으로 첫 시집이 태어났다. 빈 집터에 시로써 세운 나의 첫 시
집이었다. 『신이 우리에게 묻는다면』이란 시집이었다.

첫 시집을 두 손으로 받으면서 사랑과 연민을 동시에 느꼈다. 그
것은 나 자신에 대한 측은지심이었다. 사랑이 여명이라면 연민은 일
몰이라는데, 둘 다 빛과 어둠이 교차하는 현상이라는데, 그 느낌은
사뭇 다르다는데, 나는 무엇인가 사무쳐서 함께 느낀 것이다. 앞으로
는 시의 빛이 어둠에 묻혀 사라지는 것이 아니라 시의 빛이 어둠을
뚫고 피어나는 여명이 되기를 간절히 빌고 싶었기 때문이었다.

살아 있는 시에는
나이가 없다

시인으로 살기 위해, 시인으로 사는 삶을 다지려면 우선 스스로에게 유배를 내리고 황무지를 찾아가는 용기와 열정, 도전과 각오를 가져야 하고 지독한 소외와 뼈아픈 고독을 자청해야 할 것이다. 그럴 때 시인은 강해지고 순수해져서 진정하고 절실한 시를 쓸 수 있다. 좋은 시인이 되려면 우선 의연하게 고독을 견뎌내야 하고 고독이 시를 정복한다는 것을 알아야 한다는 것이다.

내 생각에 시인은 자신의 시를 자신의 방으로 삼을 수밖에 없을 것 같다. 나만의 방이라야 독립적이고 자유롭기 때문이다. 자유로운 정신으로, 보이지 않는 것을 보고 표현할 수 없는 것을 표현하기 위해 시를 써야 한다. 이것이 언어의 심장을 움직이는 시인의 일이다. 그러자면 시 속에 진실이 깃들어야 한다. 폐부에서 우러나와 마음에 사무치는 자신만의 목소리가 있어야 한다. 그것을 가능하게 해주는 힘이 결핍이다. 무언가 결핍된 상태를 채우려는 욕구가 시를 쓰게 하는 것이다.

늘 똑같은 짓을 하고 있는 인간의 맹목적 습성을 공격하기 위해 그림을 그린다는 살바도르 달리처럼, 시인들도 남과 다른 것을 쓰기 위해 자신의 맹목적 습성을 버려야 할 것이다. 그래야만 누구와도 닮지 않는 자기만의 개성적인 시를 쓸 수 있게 될 것이다. 독특하고 개성적인 단독성의 시인은 나이와는 무관하다. 시인에게는 나이가 있지만 시인이 쓴 훌륭한 작품에는 나이가 없다. 나이가 젊다고 반드시 젊은 시를 쓰는 것도 아니고 나이가 많다고 해서 늙은 시를 쓰는 것은 더욱 아니다.

시인의 역할이란 되풀이해서 말하지만 남들이 말할 수 있는 것을 말하는 것이 아니라 말할 수 없는 것을 말하는 것이다. 자기 주변의 침묵하는 모든 것을 대신해서 말하는 것이다. 실제로 우리는 너무나 많은 우연과 비극을 눈감고 살아가고 있다. 그런데도 그런 것은 별 문제가 아니라고 생각하는 사람들이 의외로 많다는 것이다. 무엇이 더 문제냐 하면 별 문제가 아닌 것이 문제라면 문제다.

시를 쓴다는 것은(시인마다 다 다르겠지만) 나에게는 괴로운 기쁨이며 보람이자 두려움이기도 하다. 언제나 진실과 마주하는 것은 두려움일 수 있기 때문이다. 좋은 시를 얻었을 땐 내가 시의 백만장자가 된 것 같고 시인으로 인정받으면, 그때처럼 시 쓰기를 잘했구나,

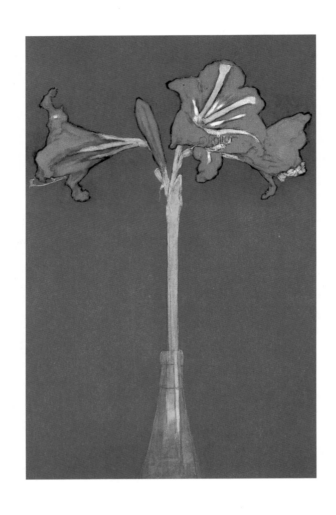

나이가 들었어도 질문하는 내 습관은 살아 있다.
시를 쓸 때 왜? 어떻게? 가 내 물음이기 때문이다.
작고 새로운 것에 놀라고 경이로운 것에 경탄하니 질문이 없을 수 없다.

시인으로 살기를 잘했구나, 싶을 때가 없다. 그래서 나는 시에게 고맙다고 말하면서 시인인 내 등을 내가 두드려준다. 시라는 말과 시인이라는 말 앞에서 나는 비로소 살아봐야겠다는 힘과 열정과 새로움을 느낀다. 그러나 그 열정으로 행복하고 싶거나 조금이라도 행복하다 싶으면 겁이 난다. 왜냐면 나는 시로써만 다행하고 싶기 때문이다. 세속적으로 행복해서 시를 잊으면 어떡하나, 행복해서 시를 못쓰면 어떡하나 싶을 땐 뜨거운 눈물이 난다. 행복을 알고도 가지지 못할 때 눈물이 나는 것이다.

이처럼 시인으로 산다는 것은 새장을 덜컥, 열어젖히는 것 같아 겁이 나는 삶이다. 겁이 나기 때문에 더 긴장하면서 시의 끈을 놓지 않으려고 하는 것인지도 모른다. 이것이 자신과 끝없이 싸워야 하는 시인의 운명이고 숙명이다. 요즈음은 '엄마야 누나야 강변 살자'를 '엄마야 누나야 대충 살자'로 쓰는 시인도 있다고 하니 시인으로 살기가 쉽지 않은 것이다. 그래서 시인은 늘 자신한테 질문을 거듭하는 것이 아닐까.

나이가 들었어도 질문하는 내 습관은 살아 있다. 시를 쓸 때 왜? 어떻게? 가 내 물음이기 때문이다. 작고 새로운 것에 놀라고 경이로운 것에 경탄하니 질문이 없을 수 없다. 경탄과 근성과 자유정신은 시인들의 특별한 자질이다. 나는 한때 시를 언어유희로 삼은 적이 있다. 말놀이를 반복한 것이다. 내가 말놀이를 한 것은 세계의 모순에 대한 나의 시적 전략이었다. 낯익은 것으로부터의 고의적인 이탈이고 진술의 완결성에 대한 의도적인 거부였다. 언어의 모순을 통해 생의 모순을 드러내는 나의 전략이기도 했다.

훌륭한 시의 조건은 많은 수작을 써냈다는 것 말고도 수준 미달의 졸작을 보여주지 않았다는 점에서 찾을 수 있다. 시는 단순한 외침이 아니라 설득력 있는 외침이어야 하기 때문이다. 문학(시)은 결국 삶을 쓰고 삶을 받아내는 그릇이므로 카뮈의 말처럼 노동하지 않으면 삶은 부패하며 영혼 없는 노동을 하면 삶은 질식돼 죽는다.

시도 끊임없이 변화하지 않으면 썩고 영혼이 없는 시는 죽기 마련이라는 것이다. 값싼 금속을 금으로 바꾸려고 노력하는 사람들이 연금술사라면 잡다한 생각을 시로 바꾸려고 노력하는 사람들을 연시술사라고 하면 안 될까.

유창목은 상처를 치유해주는 나무라는 뜻으로 생명나무라고 한다는데 시인은 시로써 상처를 치유해주는 시생명나무라고 하면 안 될까. 앞으로도 나는 세상에서 시를 한 편씩 알아낼 때마다 기뻐서 어린아이처럼 팔짝팔짝 뛰어보고 싶다.

견딜 수 없는 존재의 고통

나른한 햇살이 침묵을 끌고 공터 한가운데를 가로질러가고 있다. 모든 것이 텅 비어 있는 듯한 오후의 정적이 자신의 존재를 견딜 수 없게 한다. 이런 시간에 나는 혼자서 거미처럼 느릿느릿 방문턱을 넘나든다.

빈 공간은 그냥 비어 있는 듯 그냥 '비어 있다'고 말하는 듯 고요할 뿐인데 그 고요 때문에 불안을 느낀다. 불안 속에 놓인 채 나는 잠시 공간과 대립된다. 그 속에서 사물은 더욱 분명해 보이지만 저 공간을 건너 어디로 가야 할 것인지 막막함이 가을바람처럼 나를 스산하게 한다. 그 순간 내 존재가 몹시 고통스럽게 느껴진다. 그럴 때면 희망에 말을 걸고 싶어진다.

존재가 있기 때문에 고통이 따른다고 누군가 말했지만 나도 한 존재이므로 홀로 고통을 지고 가야 하는 것이다. 가는 길도 모른 채 가야 하는 내 존재가 무겁게 느껴진다. 그래도 지금이 지나가야 다음이 온다. "무거움과 필연과 가치는 서로 연관된 개념이다"라는 말이 새삼 "필연적인 것만이 무겁고 무게가 있는 것만이 가치가 있다"는 말로 들린다. 그러나 우리가 경험하고 있는 세계는 얼마나 혼란스러운 것인가. 모든 것이 가능해 보이지만 그 어떤 것도 확실하지가 않다. 그러나 가다보면 길이 되는 그것이 희망이라 믿어본다. 내게도 찬바람을 쐬고 젖은 몸이 있어서 희망을 만들고 싶은 것이다. 하늘에 절을 해서라도 고통을 덜 수 있다면 그렇게라도 하고 싶다. 고통에 대한 공포가 마음을 누를 때, 나는 포르투갈의 항해사 톨로뮤 디아스와 거지 성자 프란체스코를 생각한다. 디아스는 심한 폭풍 속에서 죽음을 무릅쓰고 희망봉을 발견했고, 프란체스코는 사람들에게 베푼 것이 없으니 고통이라도 함께해야 한다며 추위 속에서 벌거벗고 서 있던 사람이다.

"인생을 절망해보지 않고는 진실한 삶을 모른다"던 카뮈의 말은 고통 없는 축복이란 있을 수 없다고 말하는 것 같고, 절망한 만큼 희망도 있다고 말하는 것 같다. 존재가 고통이라면 삶은 존재의 수난이다. 수난에 비쳐진 존재의 고통! 존재를 말할 때면 "왜 아무것도 있지 않고 무엇인가 있는가?"라는 말도 생각하게 된다.

사막의 선인장이 낙타에게 묻는다. "낙타야 너는 왜 눈이 늘 젖어 있니?" "나는 따로 울지 않기 때문이야." 그리고 또 "너는 왜 뛰지

도 않는 거니?" "내 등짐이 너무 무거워서란다." 이번에는 낙타가 선
인장에게 묻는다. "너는 눈물도 피도 없니? 몸을 왜 가시로 무장하고
있는 거니?" "나는 울어도 속으로 운단다. 속으로 우는 모든 것들은
겉으론 강해 보인단다." 선인장은 속에 눈물 같은 찝질한 물을 감추
고 있고 낙타의 눈은 늘 젖어 있어 따로 울지 않는다. 이것이 혹 그들
존재의 고통이 아닐까.

생물 중에서도 사람만이 희망 없는 일을 반복하거나 고통이 반복
되면 황폐해지거나 죽는다고 한다. '히스테리아 시베리아나'라는 말
을 들어본 적 있나? 이 희귀한 것이 병의 이름이다. 시베리아 농부들
이 걸리는 병인데 이름만큼이나 그 죽음도 희귀하다. 시베리아 벌판
에서 날마다 밭을 갈면서 살아가는 농부들은 반복되는 일 때문에 이
병에 걸린다고 한다. 농부들은 사방을 둘러보아도 까마득한 지평선만
보이는 벌판에서 일을 한다. 해가 떠오르면 밭에 나가 일하고 해가 머
리 위로 올라와 있으면 집으로 돌아가 잠을 잔다. 이 일을 매일 반복
하는 동안 마음속에서 무언가가 툭, 하고 끊어져서 죽고 만다는 병.

그 병에 걸리면 아무 생각 없이 곡괭이를 내던지고는 하염없이 서
쪽을 향해 걸어간다. 무엇에 홀린 듯이 몇 날 며칠이고 아무것도 먹
지도 않고, 서쪽으로 계속 걸어가다 그대로 고랑에 쓰러져 죽고 만다
는 것이다. 고통의 긴 터널을 지나온 나에게도 그것은 너무 뼈아프게
생각된다. 사람의 삶이 어떻게 그토록 처절할 수 있단 말인가. 누군
가 고통스러워하는 것도 우리 모두가 그 고통을 함께 나누지 못한 탓

은 아니었을까.

사람은 누구나 자신의 존재조차 제대로 알지 못하고 타인의 존재 또한 이해하지 못한다. 괴테가 횔덜린을 이해하지 못하고, 부르크하르트가 램브란트를 이해하지 못했듯이 나 또한 너라는 존재의 고통을 이해하지 못했을 것이다. 그럴 때 나는 한없이 막막해진다. 벼랑 앞에 선 듯한 막막함. 이것 또한 내 존재의 고통이다. 그 막막함으로 나는 내 생을 돌아본다. 내가 벼랑에서 뛰어내린다 해도 나를 받아줄 손은 어디에도 없다. 다만 바닥이 있을 뿐이다.

생이란 느끼는 자에게는 비극이고 생각하는 자에게는 희극이라는 말이 오늘따라 마음을 긁고 지나간다. 누구나 고통을 통해 자신의 한 생애를 쓴다. 참으로 오래 기다린 사람에게는 그렇게 찾던 것이 어느 순간 온다. 그럴 때 시간은 나의 뒤로 지나가버리고 나의 실체조차 무아가 되어버린다. 모든 옛날은 지금을 통과한다는 말은 옳다. 그래서 오늘은 어제 죽은 사람들이 간절히 원하던 내일이라고 말했을 것이다.

사람에게만 고통이 따르는 것은 아니다. 꽃은 일억 삼천만 년 전에 처음으로 꽃을 피우기 시작했다고 한다. 꽃도 한 번 자신을 피우기 위해 그토록 오랜 시간을 견딘 것이다. 오래 견딘 시간이 곧 꽃의 고통이다. 나무는 가을에 수분을 비워낸다. 그래야 추운 겨울에 얼어 죽지 않는다는 것을 스스로 알고 있다. 그것이 나무의 고통이다. 나무에게도 존재의 고통은 있는 것이다.

사람의 삶은 살아내고 살려야 하는 것이지만 견뎌내야 하는 삶도 있는 것이다. 내가 견뎌낸 날들은 이미 썩어 거름이 되었다. 그 속에서 상처가 드문드문 썩고 있다. 상처가 곧 꽃이라고 생각하는 나에게도 어떤 한 존재는 나를 끝없는 고통 속으로 몰아넣는다.

수도승 미하일 톨로토스는 일생 동안 한 번도 여자를 보지 못했다. 태어나자마자 어머니는 죽었고, 그다음 날 에토스 산 정상에 있는 수도원으로 보내진 뒤 세상과 완전히 격리되어 수도승들과 함께 일생을 살았다. 그 수도원은 여자나 동물이라도 암컷은 들어갈 수 없는 관습 때문에 일생 동안 여자를 한 번도 못 본 채 톨로토스는 1938년 여든둘에 세상을 떠났다. 그에 대해 나는 할 말을 잃는다. 고통이 곧 축복이라는 말조차 할 수가 없다.

나는 비로소 오랜 침묵 끝에 다시 말하기 시작한 것처럼 "그래 맞아. 나라는 존재가 있기 때문에 고통스러운 거야"라고 겨우 중얼거린다. 그 중얼거림만으로도 나는 이제 고독의 중심이 되었다고 말할 수 있겠다. 문득 뭉크의 〈절규〉가 떠오른다. 뭉크처럼 고통을 잘 표현한 화가가 또 있을까. 하늘을 붉은 핏빛으로, 바다를 짙푸른 검은색으로 대비시켜, 절망과 어둠과 죽음 등, 자신의 내면에 있는 격렬한 감정을 표현했던 뭉크의 절규!

나는 우울하거나 괴로울 때 뭉크의 〈절규〉를 생각한다. 어릴 때 어머니와 누나를 잃고 여인에 대한 사랑을 공포와 배신으로 그렸던 뭉크의 고통이 마치 내 고통처럼 받아들여지기 때문이다. 나는 이제 고통과 한몸이 되어 고통을 친구삼기로 한다. 고통의 싸움터가 바로 사람의 마음인데, 고통을 밀어낸들 어디까지 갈까. 고통의 통과의식 없이는 어떤 생의 해답도 얻을 수 없다는 사실을 새삼 깨닫는다. 그래서 이 시대에 시를 쓴다는 것이 얼마나 어렵고 고통스러운 질문의 연속인가를 알게 되는 것이다. 아무리 슬퍼도 고뇌가 없는 슬픔은 슬픔이 아니듯이 아무리 고통스러워도 눈물이 없는 고통은 영혼에 무지개가 없는 것과 다르지 않다. 더 이상 어떤 것을 통해서도 존재의 고통은 설명되지 않는다. 고통 없이 깨달은 사람은 아무도 없을 것이다. 시인은 고통을 최소 조건으로 삼는 존재들이다.

신이여, 나는 당신이 손에 쥔 화살입니다. 신이여, 내가 썩지 않도록 나를 당기소서. 나를 너무 세게 당기지는 마소서. 신이여, 나는 부러질지도 모릅니다. 나를 힘껏 당기소서. 신이여, 내가 부러진들 무슨 상관이 있겠습니까.

— 카잔 차키스

시정신은 시의 지문(指紋)이다

나무를 볼 때마다 "이론은 잿빛이다. 그러나 생명의 나무는 영원한 초록빛이다"라는 괴테의 시 한 구절이 생각난다. 괴테가 영감을 얻으려고 푸렌 발트에 있는 너도밤나무 숲을 찾았다가 햇빛에 반짝이는 나뭇잎들을 보고 경탄하며 한 말이다. 이 말은 정치가들이 좋아했는데, 특히 레닌이 좋아해서 자신의 책『전술에 관한 편지』에 인용했다고 한다. 시인의 발견이 한 나무의 존재를 영원한 초록빛 생명의 나무로 태어나게 한 것이다. 그 나무를 '괴테의 나무'라고도 한다.

수직으로 일어서는 생명의 나무! 나는 이 말을 떠올릴 때마다 시의 정신을 느낀다. 사물에 대한 관심(關心)이 관심(觀心)으로 바뀔 때 시는 삼자(三自)를 경험한다는 것을 알기 때문이다. 삼자란 시가 절로 나에게 주는 세 가지, 자신(自新)과 자명(自明) 그리고 자신(自身)

을 말한다. 자신(自新)은 시가 절로 나를 새롭게 해주고 자명(自明)은 시가 절로 나를 밝게 해주며, 자신(自身)은 시가 절로 나를 철들게 한 다는 것이다. 그것은 시창작의 기본 방법인 많이 생각하고 많이 읽고 많이 쓰라는 삼다(三多)와 불가분의 관계라고 생각한다. 삼다(三多) 없이는 삼자(三自)도 없을 것이기 때문이다.

시인이 어떤 사물이나 대상을 묘사하는 것은 어려운 일이 아니다. 정작 어려운 것은 거기에 정신을 넣는 일이다. 새도 날 수 있을 때 새 이듯이 시도 정신이 담겨 있어야 살아 있는 시가 될 것이다. 요즈음 은 중심 없이 혼란스러운 시대 탓인지, 사회 탓인지, 고통과 고독을 통한 시들은 줄어들고 무통분만의 시들이 늘어나고 있는 것 같다.

한편, 공들이는 시들은 줄어들고 화려한 외양으로 현혹하는 시들 이 늘어나고 있는 것 같다고들 한다. 기성 시를 복제하거나 기성의 틀에 안주하는 시들이 많고, 새로움을 추구한다는 실험시들은 그들 의 틀에 갇혀 실험시가 되지 않고 실패 시로 끝나는 경우도 있다.

젊은이들은 행동으로는 불온을 저지르면서, 기성의 틀을 깨는 불 온을 저지르지 못하고 있다. 불온이야말로 문학이 결코 잃어버려서 는 안 되는 정신이며, 시대마다 시인마다 새롭게 추구해야 할 정신인 데도 그렇다.

기존에 대한 부정과 해체는 파괴가 아니라 또 다른 창조다. 요즘 젊은 시인들은 대체로 공들이는 정신이 부족하고 불온정신이 부족 하다고 말들 한다. 예술을 상술(商術)과 혼동하고 시업(詩業)을 사업

(事業)과 혼동하는 시인들이 많은 것 같다. 옥석(玉石)을 구분할 줄 모르고 이제는 그 정도를 넘어서 옥과 석의 개념 자체도 궤멸돼버렸다. 치열한 시쓰기보다는 시판을 잡는 데 더 치열하고 젊은 시인들은 줄 서기에 빠르고 늙은 시인들은 대우받기에 익숙하다. 문단에서도 정치한다는 말이 떠돌고 비리가 저질러진다는 말도 떠돈다. 문학판에도 구조조정이 필요하고 개혁이 있어야 한다는 말도 함께 떠돈다.

 "그 시인은 정치를 잘해서……"라는 말을 들을 때마다 "문학에서 정치는 연주회장에 울리는 총소리와 같다"던 스탕달의 『적과 흑』한 대목이 떠오르기도 한다. 『시와 정치』라는 책은 보았어도 시인의 정치란 말은 들어본 적이 없다. 패거리나 만들고 골목대장이나 하려고 시인이 된 것은 아닐 것이며 여기저기 모임에나 나가 의례적으로 인사하고 악수나 하려고 시를 쓴 것은 결코 아닐 것이다. 그때마다 처음 시인이 되었을 때 가졌던 시인 정신을 잊지 않고 자신을 가늠해야 한다. "자신 속에 우물 하나를 품는 것. 그것이 시의 마음으로 무장하는 것"이라는 말이 있다. 그 우물에 자신을 비춰본다면 시의 얼굴이 어떻게 비칠지 생각해야 한다. 프랑스에서는 사랑이 절정에 달했을 때를 '조그만 죽음'이라고 한다는데, 시인이 시를 쓰고 있을 때도 그와 다르지 않다고 생각한다.

 자신과 부딪치면서 시와 만나게 하고, 자신을 잊게 만들면서 시와 만나게 하며 자신을 헌신하면서 시를 태어나게 하는 것이 시인의 마음이기 때문이다. 그래서 시 쓰기는 괴롭지만 그것이 순간순간을 살아 있게 하는 원동력일 것이다. 그러나 시정신이 무엇인지도 모르고 시를 망치는 시인이 있다면 그는 저만을 위해 제 어미 몸뚱이를 뜯어 먹는 염낭개미와 다를 바가 없을 것이다.

시를 쓴다는 것은 짧은 시간 내에 빨리 자라는 잡초 전략도 아니고 숫자를 늘리는 흥부 전략도 아니다. 시는 휴대하는 휴대폰도, 악세서리도 아니다. 시인들이 너무 많이 양산되고, 양산되는 만큼 치열성을 잃어버린 채 매너리즘에 빠져 정신적 공황상태에 시달리고 있지 않나 싶다. 정신의 암전상태는 살아 있는 시를 낳을 수 없다. 자가 발전만이 암전 상태에서 벗어나는 길이라고 생각한다.

아르키메데스가 부르짖었던 "유레카, 유레카"라는 소리를 젊은 시인들한테서 듣고 싶다. 시인의 말 중에서 "나는 발견했다"는 말처럼 큰 감동은 없을 것이다.

칠월의 시퍼런 나무들을 보고 있으면 미국 시인 울만의 「청춘」이란 시가 떠오른다. "청춘이란 나이를 말하는 것이 아니라 강건한 의지, 뛰어난 상상력, 불타는 정열, 겁내지 않는 용맹심, 안이를 뿌리치는 모험심과 같은 마음 상태를 말한다"고 적고 있다. 시의 정신을 말하는 것 같아 시의 정신을 「청춘」의 구절 옆에 나란히 놓아본다.

생각의 여백이 없는 시, 머리로 만든, 가슴이 없는 냉정한 시, 자기 시가 어떤 시인지도 모르는 시들, 남이 최선을 다해 쓴 시를 살짝 살짝 베끼는 시들, 이명 같은 시들, 코골기 같은 시들이 정신없이 양산되고 있다. 음악에 음치(音痴)가 있듯이 시에도 시치(詩痴)가 있는

것 같다. 그런데도 굳이 시를 쓰겠다고 시인의 수는 나날이 늘어만
간다. 음치는 교정이라도 되지만 시치는 교정으로 되는 것이 아니다.
어떤 것으로도 마치 고통처럼 누구도 대신해줄 수 없는 것이 시의 세
계다. 대장간에서 무뎌진 연장을 불에 달구고 때려서 쓸모 있게 만들
듯이 시인 정신도 그와 같아야 할 것이다. 시인에게 대장간이 바로
정신이다. 단원 김홍도는 〈대장간〉이란 그림으로 개혁과 혁명을 암
시했다고 한다. 그 정신을 시인들은 시의 정신으로 받아들여야 할 것
이다. 새로운 것을 향한 시도가 있어야 창조이기 때문이다.

　수수하면서도 속이 꽉 찬 시, 읽은 뒤에도 곱씹게 하는 시, 읽는 순
간 정신이 번쩍 들게 하는 시, 울림이 크고 깊은 시, 오래 남는 시, 여
운이 여백을 메우는 시, 가슴으로 받을 수 있는 시들이 시단의 진수
성찬이 되었으면 좋겠다. 요즘 시들은 마치 시의 무질서 상태에 놓인
듯하고, 어떤 모형이나 초상 같은 것이 없으며, 개인적인 기준이 보
편적이고 타당한 기준이 되는 것을 개탄하는 사람들도 있다. 시대마
다 시대 나름대로 시에 대해 어떤 모형이나 초상을 가져야 된다는 말
이다. 60년 70년대는 서로 갈등하는 가운데서도 그런 것들이 있었지
만 지금은 그렇지 않다는 것이다. 요즘 시인들은 갈등보다는 허탈한
괴로움에 시달리고 있다. 시인이 괴로워하는 사회는 병들어 있는 사
회다.

　특히 젊은 시인들은 고생을 사서 하지도 않고 고생이 약이라는 말

을 믿지도 않는다. 고통도 고뇌도 거치지 않고 가슴보다는 머리로 시를 만들면서 독자들의 흥미를 끌려고들 한다. 그러나 시인을 평가하는 것은 어디까지나 시이다. 누구든 진정 시를 쓰고 싶으면 내일 시가 없어진다 해도 오늘 쓰지 않으면 안 된다는 정신이 있어야 하고, 내일 지구가 멸망할지라도 오늘 시나무를 심겠다는 정신이 필요하다. 지금 보기에 큰 것들도 작고 사소한 것으로 시작되기 때문이다. 새로운 시도 옛 시로부터 시작되는 것이다. 새것이 새것다우려면 옛것을 변화시키는 통변의 정신이 필요하다.

제자가 스승에게 "글을 쓸 때 무엇을 본받아야 합니까." 물었다. "마땅히 성현을 본받아야지." 그 말에 제자가 고개를 갸우뚱하며 다시 물었다. "옛 성현이 지은 글은 다 남아 있지만 모두 같지 않습니다. 그러니 어느 것을 본받아야 합니까." 그러자 스승이 "그 정신을 본받아야지 흉내내선 안 된다"고 했다. 말의 엄격성, 결벽성을 가지는 것도 시의 한 정신이 아닐까. 말을 자유자재로 다룰 수 있는 장인정신, 어떤 가난과 고독, 고통에도 굴복하지 않는 선비정신, 이런 정신이 바로 시인 정신이 아닐까. 지도가 길을 안내하는 것처럼 시는 우리의 정신을 풍요롭게 이끌어주는 안내자이다.

시가 있어도 그만, 없어도 그만이라는 생각은 피폐한 삶을 살게 하는 요인이 되기도 한다. 시가 삶과 무관하다면 정신이 없는 몸과 같을 것이다. 정신은 몸에 대한 대결이 아니라 동화되어야 할 양분이

나는 빛나게 살기 위해 잘 살기 위해 시를 쓴다.
몇 년에 한 번씩 시집을 내다보면 햇수만큼 나이가 더해지지만
시와 함께 살 수 있어서 나는 참 다행하다고 생각한다.

다. 그러므로 정신의 밥인 시를 마음으로 먹어야 정신을 살찌우면서 잘 살 수 있다는 것을, 시를 읽고 사는 사람들은 다 잘 아는 일이다. 성숙하다는 것은 생을 깊이 보는 안목을 갖추었다는 것을 의미하기도 한다. 안목(眼目)이란 단어에 눈 목(目)자가 두 개나 들어 있다. 안목은 그냥 보는 눈이 아니라 제대로 볼 줄 아는 눈이다. 그러나 높은 안목, 밝은 눈을 가졌다 하더라도 어둠을 보지 못한다면, 그 눈은 결코 밝은 눈이 아닐 것이다. 그런 눈은 청각은 뛰어나지만 색맹인.개의 눈과, 눈이 고정되어 있어서 물체가 움직이지 않으면 아무것도 볼 수 없는 개구리의 눈과 별로 다르지 않을 것이다.

시인은 사회의 모순과 어둠을 꿰뚫어보는 눈을 가져야 한다. 지금 우리의 현실은 문제를 문제로 인식 못 할 정도로 떠밀려가고 있다. 이런 때일수록 사회의 밑바닥을 꿰뚫어보는 통찰이 있어야 할 것 같다. 온라인에서보다 오프라인에서 디지털적인 것보다 아날로그적인 삶을 살고 싶어 인터넷의 홈페이지 문을 닫고, 십 년 동안 네트워크와 연결되어 있던 머릿속의 컴퓨터를 껐다는 젊은 작가도 있다.

시인들은 지금 시를 쓰면서 잘 살고 있다고 믿지만, 사실은 살아남고 있을 뿐이다. 정신을 잃고도 살아남고 정신이 빠져도 살아남는다. 좋은 시를 쓰지 않고도 살아남는다. 그러면서도 시인들은 '산다'라고 한다.

옛 명필들이 글씨를 쓴 나무를 판각해보니, 먹이 삼 푼이나 스며 있었다고 한다. 정신이 스며들었기 때문이다. 그런데 시에는 입시도

(入詩道)란 말이 아직 없다. 시가 구도의 길일지라도 득도의 길은 아니기 때문일 것이다. 세상을 밝히는 것은 시인이 아니라 시정신이다. 시정신은 시의 지문(指紋)이다.

가장 극빈이었을 때

고통 없이는 성장도 없다는 말을 허리띠처럼 조여매고 살면서도 그것으로 몸과 마음이 엇갈려 병(病)이 날 땐 성장이 아니라 모든 것이 정지된 듯 무력해진다. 가난이나 고독, 고뇌, 고통까지도 이길 힘이 없으면 문학을 목표로 할 자격이 없다고 생각해왔고, 문학에 대한 주저와 나약함을 극복해야 그 세계에 있는 무엇엔가 도전할 수 있다고 생각해왔는데도 병 앞에서는 속수무책일 수밖에 없다.

그럴 땐 글을 쓸 수도 없고 일과처럼 되어 있는 산책도 할 수 없게 된다. 어떤 생각도, 어떤 발견도 할 수 없이 하루하루가 동어반복에 지나지 않는다. 동어반복은 시에 변화도 변모도 없게 하는 시의 가장 큰 적이다. 이처럼 동어반복은 나를 고갈에 시달리게 한다. 어느 평자가 말한 소재의 고갈, 영감의 고갈, 표현의 고갈, 리듬의 고갈이 나를 짓누른다. 그 짓누름이 시인에게 꼭 있어야 할 자발적 소외와 지독한 고독을 두려워하게 만든다.

그것 못지않게 나를 현실적으로 두렵게 하는 것은 경제적인 문제다. 시를 돈으로 생각한 적은 없지만 시로써 밥 먹는 시대가 왔으면 좋겠다는 생각은 가끔 한다. 내가 부딪히고 있는 현실이 무한한 나의 문학 텍스트라고 믿던 시절. 세상의 모든 것이 내 반대편에 있는 것처럼 느껴졌을 때, 시는 감정의 해방이 아니라 감정의 탈출이라는 것을 절실히 깨달았다. 모든 것이 낯설게 보일 때 비로소 새로운 시를 쓸 수 있다고들 말했지만 나는 그때 새로운 시가 아니라 있던 시도 놓고 말았다. 내 생에서 궁의 상황을 그리라면 아마도 그때가 가장 극빈이었을 것이다.

시는 궁해진 뒤에 좋아진다는 것을 안 것은 내가 몇 차례 죽음 같은 고통을 겪고 난 뒤, 절망의 끝에서 나를 건져올린 시마(詩魔) 덕이었다. 나로 하여금 시를 떠날 수 없게 만든 시마에 끄달려 다시 시의 길로 돌아왔던 것이다.

고난이 기회를 주는 것처럼 시마도 내 정신에 긴 투쟁의 기회를 주었다. 약이 아찔할 정도가 아니면 병이 낫지 않듯이 시마가 아찔할 정도가 아니면 시도 살아나지 않는다. 시마는 내 오랜 병력의 벼랑이다. 시마는 지극히 미미한 수미(守微)도 방심(放心)도 용납하지 않는다.

시의 위기, 시의 죽음이 새로운 시를 탄생케 하는 최고의 질료라면 시마는, 병든 영혼을 치유하는 최고의 명약이다. 나에게는 위기

극복의 유전자가 있는 것 같다. 그것이 바로 내 시벽(詩壁)을 끝까지 지켜준 시마이다.

"내 시는 시마의 끄달림에서 나왔다"고 해도 과언이 아니다. 가장 고통스러운 시간을 내 생애에서 가장 뜻 있는 시간으로 바꿔준 시마! 시마여! 오래도록 나에게서 시를 떠날 수 없게 만들어다오. 새로운 시가 많은 것만 기쁘게 해다오.

내 손은 시류와 쉽게 손잡지 않고 시마와 오래 손잡고 싶다.

한 편의 시를 쓰기 위해
며칠을 축내고 서성이는가

비밀 없이는 행복도 없다고 생각하던 시절, 그 비밀이 시라고 생각하던 나는 가방 속에 시집을 꽃씨처럼 넣고 다녔다. 그 꽃씨 하나가 먼 훗날 시의 한 세계를 꽃피울 수 있을 것이란 생각에서였다. 세월이 몇 십 년 흘렀어도 그때의 생각은 지금도 변함이 없다. 그 생각을 따라 나는 시인이 된 것이다. 생각이 운명을 결정짓기도 한다고 믿어온 나로선 누가 가끔 "밑도 끝도 안 보이는 그 짓을 왜 해요?"라고 하면 "그게 다 내 운명인가 보죠" 한다.

내 운명의 시 쓰기, 시인이 나의 운명인 것이 참으로 다행스럽다. 나는 늘 내 손으로 내 잔을 채우는 일에 익숙하려 애쓴다. 세상에 겉도는 기름처럼 있거나 시의 세계 밖으로 한 발짝도 벗어날 수 없다 할지라도 나는 절망하지 않을 것이다. 겉은 비록 사람살이를 닮았어도 마음은 시의 나라에서 빛나게 살고 싶다.

나는 빛나게 살기 위해 잘 살기 위해 시를 쓴다. 몇 년에 한 번씩 시집을 내다보면 햇수만큼 나이가 더해지지만 시와 함께 살 수 있어서 나는 참 다행하다고 생각한다. 꿈에서조차 시인 말고는 다른 삶을 생각해보지 못한 나 같은 위인도 때론 외면당하는 시 때문에 슬플 때가 있다. 그러나 오히려 그 슬픔이 힘이 된다는 것을 시를 쓸 때마다 깊이 느낀다. 다만 슬픔도 힘이 된다는 말이 사람들에게 아무런 감동도 주지 못하는 이 세상이 못 미더울 뿐이다.

한 편의 시를 쓰기 위해 몇 날 며칠을 축내고도 얼마를 더 서성일 때 나는 가끔 무표정한 고층 건물을 올려다본다. 그럴 때면 시를 던지고 서울을 떠난 한 시인이 떠오른다. 그는 지금 시를 버리고도 잘 살고 있을까? 적어도 글팔이는 되지 않았을 그가 크게 보인다.

시인은 오직 자신의 시에 가장 큰 책임이 있고 그 책임을 다한 후에야 다른 책임도 질 수 있다. 원고지의 빈 칸과 마주하면 그 빈 칸이 마치 절벽처럼 느껴질 때가 있다. 그 순간은 말할 수 없이 절박한 심정이 된다. 절박하지 않고 시 쓰는 시인이 없겠지만 나는 늘 비탈에 선 심정이 되어 고통스럽다. 그러나 나는 시를 쓸 때만은 고통지수가 더해지기를 원한다. 고통 없는 성장은 없기 때문이다.

비탈에 선 심정이 될 때마다 아프게 생각나는 두 여성화가가 있다. 카미유 클로델과 프리다 칼로이다. 둘 다 천재적 재능과 빼어난 외모를 가졌지만, 카미유는 어릴 때 앓은 질병으로 한쪽 다리를 절었고 프리다 칼로는 소아마비에다 열여덟 살에 겪은 교통사고로 살아 생전에 스물두 번이나 수술을 받는 등 육체적 고통에 시달렸다. 둘의 사랑 또한 상처투성이었다. 카미유는 로댕과의 연애로 삼십 년을 정신병원에서 보내다 죽었고, 프리다 칼로는 남편의 여성 편력으로 불행하게 살다 죽었다. 그러나 그들의 작품은 절망에서 피워낸 숭고한 꽃이었다. 이들이야말로 고통을 통해 성장한 화가이며 우리를 예술 세계로 인도하는 영원한 여성이 아닐까 싶다.

자신의 작품세계는 누구보다 뚜렷하고 개성이 강했지만 사랑에는 약한 여자였다. 시가 내 손을 잡아주기 전까지는 나도 사랑에 약한 여자였다. 그러나 아무리 힘센 장사도 시를 안아들고 갈 수 없듯이 아무리 힘센 사랑도 나에게서 시를 빼앗아갈 수는 없었다. 나의 일생은 굽은 길이었지만 시에 대한 나의 심연은 흔들린 적이 없다. 그러니 시여, 나로 하여금 끊임없는 정신갈이를 하게 해다오.

시인은 자연을 쓰는 서기(書記)

어느 날 갑자기, 혼자서 배낭 하나만 메고 낯선 곳을 찾아 훌쩍 떠나는 일은 정말 즐겁다. 마음이 울적할 땐 더욱 그렇다. 잡다한 일상으로부터 벗어나는 것이 마치 시 쓰기의 변신처럼 느껴져서 긴장하게 된다. 여행도 시처럼 생활에서 오는 갈등과 결핍에서 출발하는 것이 아닐까 하는 생각도 든다. 발길 닿는 대로 이곳저곳 다니면서 자연과 만나다보면, 경외심 때문인지 내가 아주 작게 느껴지고 자연히 겸손한 마음까지 들게 된다. 고양된 결핍이야말로 시가 되는 아름다움이라 말한 시인도 있다. 자연과 인간은 둘이 아니라고 하지만, 인간인 내가 과연 자연을 얼마나 알고 있나 싶고, 자연과 하나가 될 만큼 넓고 깊은 생각을 하며 살았나 싶다. 자연을 배우라는 말을 곰곰 생각하게 되고, 그런 생각이 들 때일수록 나는 '시인은 자연을 쓰는 서기'(書記)란 말에 매혹당한다.

낯선 곳에서 느닷없이 느끼는 감정이란 평소에는 볼 수 없던 내 모습을 내가 다시 보고 깜짝 놀라게 되는 의외의 감정이다. 그 의외성에서 놀랍게도 나는 오랜만에 진정한 나를 발견하게 된다. 마치 시의 의외성처럼. 그 의외성이 시를 쓰게 하고 길을 떠나게 하는 것이다. 그 떠남은 나에게는 새로운 접근이다.

70년 후반에 학(鶴)이 보고 싶어 비가 오는데도 학마을을 찾아간 적이 있다. 그곳은 원주 외곽에 있는 작은 마을이었는데, 소나무에 우아하게 앉아 있던 학을 빼놓는다면 별로 특징이 없는 평범한 마을이었다. 작가 이범선의「학마을 사람들」의 배경이 혹시 이 마을이 아니었나 생각하면서 나는 마을 입구에 서서 학들의 우아한 모습을 바라보았다. 그 모습을 보는 순간, 혼탁한 세상 속에서 찌들린 나 자신이 초라하게 느껴졌다. 마치 죄를 많이 지어 마음이 온통 검게 된 사람처럼 속죄의 마음까지 생기기도 했다. 그런데 내가 생각했던 학이 겉모습과는 다르다는 것을 알고는 몹시 놀랐었다. 보기는 아주 우아하지만, 뱀이나 지렁이 같은 것을 먹고 살기 때문에 오래 살기는 하지만 그 똥이 너무 독해 학 근처에 있는 나무들은 잘 자라지 못한다고 한다.

우아하며 순결해 보이는 학이 그런 면이 있다는 것에 놀라고 실망스러웠다. 그 모습은 마치 겉으로 우아하고 아름다워 보이는 귀부인이 복부인 노릇을 남몰래 하고 있는 것과 같다는 생각이 들기도 했다. 십여 년 전만 해도 학마을 산들은 학이 많이 살아, 산 전체가 흰 꽃밭처럼 아름다웠었는데, 언제부턴가 땅투기하는 사람들의 발길이 잦아지면서 학들이 어디론가 떠나버렸다고 한다. 그 마을에서 평생을 살았다는 한 노인은 마을 이름도 '학마을'이라 하기에는 학이 너무 적다고 안타까워했다. 그 노인은 자신이 죽기 전에 학들이 돌아와서 흰 꽃밭 같은 산속에 묻힐 수 있다면 얼마나 좋겠느냐며 쓸쓸히 웃었다. 나는 그때 그 노인의 그리움이 무엇인지 깨닫고 가슴이 저렸었다. 어쨌든 학은 우리도 그리워하는 대상이라 생각하며 그 마을을 떠나 영월군에 속하는 주천강(酒泉江) 하류를 거슬러 올라갔다.

주천강은 강이 아니고 강같이 넓은 계곡이었는데 그 이름이 참 재밌구나 생각했다. 그래선지 주천강 물이 술처럼 느껴지기도 했다. 주천강은 운학계곡과 합쳐졌고 합쳐지는 지점의 이름이 합수골이었다. 합수골은 두 개의 물줄기가 서로 다른 모양으로 흐르고 있었다. 한쪽 물줄기는 순조롭게 낮은 쪽으로 흘러갔지만, 다른 물줄기는 웬일인지 낮은 곳으로 흘러가지 못하고 위쪽으로 치솟다가 곤두박질치고 있었다. 나는 그 물줄기를 보면서 단종을 영월로 귀양 보내며 애통해하던 사육신을 생각하고 왕방연을 생각했다.

주천강가에 앉아 거슬러오는 물줄기를 바라보며 이 시대의 나는 충신도 아니면서 단종에 대한 왕방연의 시를 소리 내어 읊어보았다.

"천만 리 머나먼 길에 고은님 여의옵고 내 마음 둘 데 없어 물가에 앉았더니 저 물도 내 마음 안 같아야 울어 밤길 예놋다". 왕방연은 그때 의금부 부사로 단종이 청령포로 귀양갈 때 모시고 갔던 사람이다. 어린 왕을 외딴 곳에 두고 온 마음을 주천강가에 앉아 애통한 시로 나타냈구나 싶어 눈물이 났다.

그런데 이상한 것은 주천강 물이 거슬러 오르고 있다는 사실이었다. 물은 아래로 낮게 흐르는 것이지, 거슬러 올라가지 않는다는 것을 알고 있던 터라 그 물길이 심상치 않아 보였다. 내 눈으로 직접 본 것이라 그때의 느낌은 수양대군이 왕위를 찬탈하고 충신들을 죽인 역사를 왕방연이 바라보았던 주천강이 대변해주고 있는 것 같았다. 어쨌든 여행은 자신을 새롭게 인식하게 해주는 좋은 길잡이가 되고 시를 쓰게 하는 자극제가 되는 것 같다.

살아가는 일에 어떤 확신조차 가질 수 없을 때, 지탱하기 어려운 일에 내가 굴복당했다고 느끼게 될 때 나는 여행을 떠난다. 여행만큼 본연의 내가 되어보고 여행만큼 나를 다시 찾게 되는 일도 드문 것 같다. 새로운 풍경을 만날 때마다 새로운 발견을 하게 되고 낯선 곳을 만날 때마다 낯익은 것으로부터 벗어나게 되는 해방감이 나를 설레게 만들어서 좋다. 그럴 땐 어떤 것도 그보다 더 좋은 것이 없는 것 같다. 끝없이 펼쳐진 들판을 만나거나 넓고 푸른 바다의 파도를 볼 때 더 그런 생각을 하게 된다. 나라는 존재는 먼지보다 작게 느껴지고, 평소에 집착하던 잡다한 일들이 얼마나 부질없는 일이었나 생각하게 된다. 사람들의 떠남과 돌아옴이 무엇을 의미하는지 그곳에서 나는 깨닫게 된다. 내게 있어서 여행의 체험은 시를 쓰는 과정과도 같고, 내 시를 변모시켜주는 '낯설게 하기'와도 같다.

시는 꾸밈 없는 데서 진보한다

볼 것이 많아 많은 것을 보라고 봄이라더니, 나뭇잎이 유록색이 되고 온갖 꽃들이 보라, 보라고 피어 있다. 그걸 보며 아름다움이 자란다면 아마도 꽃밭에서부터일 것이라고 생각했다. 본다는 것은 아름다움을 탐색한다는 것을 새삼 느꼈다.

시인 워즈워스는 시인이란, 사물에게서 생명력을 탐색하는 상상력을 지녀야 한다고 했는데, 봄이야말로 새로 살아나는 것을 볼 수 있어서 생명력을 탐색하기에는 더없이 좋은 계절인 것 같다.

시를 쓸 때 우선 본다는 것이 중요하다. 무엇이든 보아야만 느낄 수 있고 발견할 수 있기 때문이다. 본다는 것은 읽는 것과 같은 것이다. 책을 볼 때 읽는다고도 하고 본다고도 한다. 책을 읽고 느낄 수 있어야 이해할 수 있게 되고 쓸 수 있게 되는 것이다.

인생에서 목적보다 과정이 중요하다면 시 쓰는 일도
목적보다 과정이 중요한 것이다. 그 과정에서 얻어진 좋은 시는,
우리에게 다양한 삶을 이해하고 깨닫게 해주는 그 무엇이다.

요즘 청소년들이 시를 멀리하는 이유는 왜곡된 시교육에 있는 것
같다. 시란 우선 읽고 느끼고 이해해야 공감을 하든 감동을 하든 하
는 것인데, 그러기 전에 시를 분석하고 해체해버리니 어떻게 시를 좋
아할 수 있겠나. 그래서 청소년들은 시는 어려운 것이며 특별한 사람
만이 하는 것이라 생각하게 되는 것이다. 감수성이 한창 예민한 시기
에 청소년들이 시 한 편도 제대로 감상할 수 없게 하는 입시제도가,
그 제도를 만든 사회가 시를 죽이고 시인을 죽인다는 생각을 하게 된
다. 이런 현상은 21세기의 문학 행보를 뒤처지게 하고 앞으로 훌륭한
시인을 배출하지 못하게 하는 요인이 될 수도 있을 것이다. 시에 대
한 감상과 이해가 실질적으로 이루어지지 않는 시교육은 이미 시교
육이 아니다.

내가 중고등학교에 다니던 50년대는 전쟁의 뒤끝이라 책을 구할
수도 없고 읽을 책도 별로 없었지만 그래도 시집은 늘 가방 속에 넣
고 다녔다. 시간만 나면 시 읽는 것이 내 즐거움이었다. 그 즐거움이
시인이 되겠다는 꿈을 갖게 했다. 결국 그 꿈을 키워준 것은 시인들
의 좋은 시편들이었다.

좋은 시들은 아무 데서나 읽고 싶지 않아, 낙동강변이나 우리집 과
수원의 원두막이나 교정의 등나무 밑에서 주로 읽었다. 읽은 시들은
전부 외웠고 혼자서 큰 소리로 낭송하기도 했다. 그때 읽은 시들은 주
로 교과서에 있는 소월 시나 영랑 시 정도였고 외국시들도 더러 있었

다. 그중에서도 김동명의 「호수」라는 시의 한 구절이 잊히지 않는다.

"……나는 잠의 쪽배를 타고 꿈을 낚는 어부다."

내가 시인의 꿈을 꾸게 된 것은 시집보다 자연이 주는 감동에 먼저 물든 것이 아닐까 싶다. 나는 그때부터 '자연은 스승이다'라고 말한 타고르 같은 시인이 되겠다는 생각을 제일 먼저 했던 것 같다. 그것은 아마도 어릴 때부터 자연 속에서 자란 탓일 것이다. 시가 꾸밈 없는 데서 진보한다면 자연도 꾸밈 없는 데서 불변하는 것이다. 나는 꾸밈 없는 자연한테서 자연스러움을 배웠고 자유를 느꼈다.

인생에서 목적보다 과정이 중요하다면 시 쓰는 일도 목적보다 과정이 중요한 것이다. 그 과정에서 얻어진 좋은 시는, 우리에게 다양한 삶을 이해하고 깨닫게 해주는 그 무엇이다. 그것이 바로 좋은 시를 읽어야 할 이유다. 읽기는 쓰기를 위해서는 꼭 필요한 것이다. 인간은 누구나 비슷한 능력을 가지고 태어나지만, 세상을 바꿀 수 있는 능력은 관심(觀心)에서 시작된다고 한다. 관심은 보는 마음이다. 무엇이든 보는 마음이 없으면 발견하는 눈도 없게 된다. 나는 시골의 자연 속에서 자라선지 자연이 주는 경외감과 자연을 배운 체험으로 「자연을 위한 헌사(獻辭)」라는 시를 쓸 수 있었다. 자연한테 받은 것은 너무 많은데 줄 것이 없어서 나는 자연에 헌사를 바친 것이다. 자연은 그처럼 오래되었는데도 그처럼 새로운 것이었다. 자연과 인간 사이의 영혼의 교류를 꿈꾸는 시는, 물질 문명의 속성에 일침을 가하는 세계를 만들어가는 것이다.

뉴턴이 사과가 떨어지는 것을 보고 만유인력을 발견해냈듯이 시를 쓸 때는 무엇에든 관심을 가지면서 시를 생각해내야 할 것이다. 뉴턴이 만유인력을 생각해낼 수 있었던 것은 항상 중력에 대한 생각을 놓지 않았기 때문이다. 그가 중력에 대해 골몰할 때는 다른 것은 모두 잊어버리는 건망증이 심했다고 한다. 그 건망증이 오히려 한 곳에 집중할 수 있게 했던 것이 아닐까.

누구든 시를 쓸 때에는 주변의 침묵하는 것들에 대해 관심을 가지고 한 곳에 집중해야 될 것이다. 이처럼 무엇을 보거나 무엇엔가 관심을 가지고 관찰한다는 것은 시를 쓰는 사람에겐 무엇보다 중요한 일이다. 자신도 자기와 거리를 두고 객관적으로 보고, 자신의 내면을 깊이 들여다볼 수 있어야 한다.

"할 수 있을 때 장미 꽃봉오리를 모으라／시간은 계속 달아나고 있으니／그리고 오늘 미소 짓는 이 꽃이／내일은 지고 있으리니……."

영국 시인 로버트 헤릭의 시 「처녀들에게 시간을 소중히 하기를」 중 한 구절이다. 이 한 구절을 청소년들에게 들려주고 싶다. 시간은 사람을 기다려주지 않고 청춘은 다시 돌아오지 않기 때문이다. 청소년 때 읽은 시는 어른이 되어서도 잊혀지지 않고, 어려울 때마다 마음의 오아시스가 된다.

젊은이는 열정이 없고
늙은이는 변화가 없다

아름다운 풍경을 볼 때 우리는 무심코 '그림 같다'고 말한다. 풍경을 보고 그림을 그렸을 텐데 그림 같다니, 그건 분명 틀린 말이다.

그래서 나는 어느 때부턴가 그 말에 반감을 느끼게 되었다. 풍경이 그림 같다면 풍경이 복사본이고 그림이 원본이란 말인가. 그것은 자연을 아예 모르는 사람들의 말이거나 자연을 훼손하는 말이기도 하다.

시인이 풍경더러 그림 같다고 표현한다면, 그것은 적절한 비유를 하지 못한 셈이 되고 말 것이다. 그래서 시인은 끊임없는 새 언어의 탐구자가 되어야 한다고 했을 것이다.

시를 쓰는 것은 자기 자신을 들여다보는 것이며 세상을 향해 여는 창이다. 시가 어떤 경우에도 시를 위한 시가 아니라 모두를 위한 시가 되었으면 좋겠다. 한 편은 삶의 의미를 찾는 사람들을 위하여 또 한 편은 사랑하는 누군가를 위하여, 마지막 한 편은 우리를 외면한 사람들을 위하여 바치는 시가 되었으면 한다.

시를 쓰면서 부록처럼 살지 않고 늘 본문처럼 살고 싶은 것이 시인들이다. 그러자면 시인은 무엇보다 소심심고(素心深考)해야 할 것이다. 소박한 마음으로 깊이 생각하라는 것이다. 끊임없이 위기의식을 느끼고 끊임없이 부딪히면서 끊임없이 자각하면서 끊임없이 새로워지려고 하는 것이 정신 있는 시인의 자세라고 했다.

제자가 스승에게 "득도는 어디에 있습니까?"라고 묻자 스승은 "바로 자네의 목숨 내던진 곳"이라고 대답했다. 목숨까지도 내던질 수 있을 때 득도도 득음도 이루어질 수 있고, 다른 눈, 다른 안목으로 다른 경계도 보여주게 되는 것이라고 생각한다. 말하자면 자신을 절단낸 뒤에야 절창이 오는 것과 같은 것이다.

시인정신이 들어가 있지 않은 시는, 어떤 시든 장사꾼의 매물에 지나지 않는다. 우리는 이제, 이발소 그림 같은 시나, 영화 간판 같은 시에 감동하지 않는다. 좋은 시는 예리한 비수로 느닷없이 독자의 의식을 헤집거나 허를 찌른다. 좋은 시는 심장과 뇌수가 만날 때 태어나는 것이다. 좋은 시가 있는 것만으로도 사람들은 꿈꿀 수 있고, 꿈이 있을 때 살맛이 나서 세상을 바꿀 수 있다고들 한다. 사소한 것들이 세상을 바꾸기도 한다. 그래서 시인들 스스로 시에 대해 책임을 져야 하는 것이다. 그러지 못한다면 연암의 『공작관문고자서(孔雀館

文稿自序)』에 나오는 '이명과 코골기' 꼴이 되고 말 것이다.

이명은 자기만 알고 남은 결코 알 수가 없는 것이며, 코골기는 반대로 남들은 다 아는데 정작 자기만 모르는 것이다. 사람들이 안목이 없어, 자기의 훌륭한 시를 알아보지 못한다고 탄식하고 원망하는 시인들이 있다면 그런 시인들은 자기의 시를 대단한 시로 착각하는 자아도취의 이명증에 걸린 시인들이라는 것이다.

자기의 시에 대해 남들이 적절하게 지적하는데도 수긍하지 않고 얼굴을 붉히고 화를 내는 시인들이 있다면 그런 시인들이 코고는 버릇을 가진 시인들이라는 것이다. 이명과 코골기의 나쁜 버릇을 버리지 않는다면 그런 시인들은 새로운 안목으로 재창조를 할 수 없을 것이다.

물맴이의 눈에는 폭이 넓은 가름막이 있어서 물 위를 볼 때 쓰는 위쪽 눈과 물속을 볼 때 쓰는 아래쪽 눈이 때에 맞게 나뉜다. 또 가마우지는 수정체의 두께를 조절하여 날아다닐 때는 원시를 만들고, 물속에서 물고기를 잡을 때는 근시로 바꾼다고 한다. 얼마나 놀라운 눈인가.

시인들도 자신의 시를 자세히 들여다볼 수 있는 현미경 같은 눈과 멀리 있는 남의 시도 볼 수 있는 망원경 같은 눈을 가져야 할 것 같다. 물맴이와 가마우지의 눈 같은…….

러시아 문장을 가장 아름답게 썼다는 투르게네프는 어느 작품이

든지 쓴 뒤에 금방 발표하지 않고 서랍에 넣어두고 석 달에 한 번씩 퇴고했으며 고리키는 체호프와 톨스토이에게서 문장이 거칠다는 비평을 받고부터는 퇴고를 많이 했다고 한다. 소동파는 『적벽부(赤壁賦)』를 쓸 때, 초고만도 한 삼태기나 쌓일 정도로 퇴고를 많이 했다고 하며 톨스토이는 작품을 쓸 때, 원고지 석 장까지는 쓰고 지우고 다시 쓰고 바꿔 쓰기를 평균 서른여섯 번쯤 했다고 한다. 한 장을 열두 번이나 고친 셈이 되는 것이다. 서머싯 몸도 원고를 쓰기 시작해서 한 시간 안에 쓴 것은, 마음에 들지 않아 버리고 다시 썼다고 전해진다. 고금을 통해 명문장 치고 퇴고에 애쓴 일화가 없는 작가는 없는 듯하다.

그렇다면 오늘의 시인들은 과연 어떨까? 요즈음은 깊은 고뇌와 지독한 고독과 고통을 통한 시들은 점차 줄어들고, 경박한 감수성만으로 만든 시들이 난무하는 것 같다. 지극히 관념적이고 구체성이 없는 시들, 이름만 가리면 누구의 시인지도 모를 비슷비슷한 시들이 판을 친다. 해독하기 어려운 암호문 같은 시가 있는가 하면, 요설과 다변을 문학적 열정으로 착각하는 시들도 있다.

누구나 글을 쓸 수 있지만 아무나 좋은 시인이 되는 것은 아닌 것 같다. 요즘 신인들 중에는 과정보다는 결과를, 도전보다는 도약을 꿈꾸며, 아침이슬의 영롱함에 감동할 줄 모르고 값진 보석에 더 눈을 파는 사람들도 있는 것 같다. 하늘 한 번 바라보지 않으면서 화려한 백화점 쇼윈도는 오래오래 들여다본다.

악명도 명성이라 생각하는지, 허명을 위해서는 치욕도 욕이라 생각하지 않는다. 개구리는 올챙이 적 일을 잊어버렸고, 윗물이 맑아야 아랫물이 맑다는 잠언은 망언이 되고 말았다.

중요한 것보다는 필요한 것을 먼저 취한다. 젊은이는 열정도 없고 늙은이는 변화가 없다. 고통이나 고독, 가난까지 이길 힘도 없으면서 시나 한번 써보자고, 시인이나 한번 되어보자고 시의 길로 들어선 사람들도 더러 있는 것 같다.

시는 외모를 치장하는 액세서리도 아니며 과시용도 놀잇감도 아니다. 여가 선용의 대상은 더구나 아니다. 시에 순정을 바치는 시인들에게, 순정을 가장한 포즈는 제발 보여주지 말았으면 한다. 시를 죽이고 시인을 죽이는 것은 사회뿐만이 아니다. 시에 책임질 줄 모르는 시인들 스스로가 시를 죽이고 시인을 죽이기도 한다. 어느 평자는 시의 죽음이야말로 새로운 시의 탄생을 가능케 하는 최고의 질료라고 했지만, 시인들이 치열성을 잃고 매너리즘에 빠질 경우에 생기는 정신적 공황이 과연 새로운 시를 탄생시킬 수 있을까?

그러나 나는 속단하지 않기로 한다. 문학에는 요행이 없다는 것을 시인들은 너무나 잘 알고 있고, 좋은 시를 쓰려면 피를 말리고 뼈를 깎아야 한다는 것을 잘 알고 있는 시인들이 더 많기 때문이다.

시를 양산하는 것만이 좋은 일은 아니며, 양보다는 질이 더 문제라는 것도 잘 알고 있다. 진정성이 없는 시는 아무리 아름다운 표현으로 현혹한다 할지라도 결코 독자를 감동시킬 수 없다는 것도 많은 시인들은 알고 있다.

성충이 되기 위해 스물다섯 번이나 허물을 벗고 물 속에서 천일을 기다리는 하루살이나, 첫 꽃을 피우기 위해 이십오 년을 기다리는 사막만년청풀처럼 어려움을 견디면서 시의 개화(開花)를 기다리는 시인들이 더 많이 있다. 그러므로 어떤 위기가 와도 시는 결코 사라지지 않고, 시가 무엇이냐고 누가 묻는다면 대답 대신 시인은 시를 피워버릴 것이다. 사막만년청풀이 단 두 장뿐인 잎을 천 년에 이르는 생애 동안, 해안에서 불어오는 수증기를 흡입하기 위해 제 잎을 갈기갈기 찢으며 연명하듯이 시인들도 어떤 시련이나 위기도 시의 개화를 위해 맞닥뜨릴 것이다.

시인들은 텍사스 마인드처럼 덜 먹고 덜 자고 덜 놀고 덜 쓰며, 고독과 고뇌 속에 잠길 수 있어야 한다. 많이 생각하고 많이 읽고 많이 쓰고 많이 찢어버려야 하는 것이 시인들의 일이기 때문이다.

모루가 무쇠솥을 뚫기는 너무도 어려운 일이나, 끝까지 머리를 들이밀면 뚫을 수도 있다는 말이 있다. 무쇠솥에 머리를 들이미는 치열한 정신으로 시를 쓴다면, 시가 위기를 맞는다 해도 시는 거듭 태어날 것이라는 희망을 버리지 않는다. 어느 평자는 역사를 들춰보면, 문학이 인문학 여러 분야에 사유의 원자제를 공급하던 행복한 시대가 있었다면서, 그 시대를 회복해야 한다고 호소하고 있다. 그 호소에 공감하면서 나도 함께 호소한다. 시를 살리는 시대여 오라! 시 권하는 사회여 오라!

21세기 디지털 시대를 '전자사막'이라고 어떤 시인이 말했을 때, 너무나 적절한 비유에 깜짝 놀랐다. 그러나 전자사막 속에도 오아시스는 있을 것이다. 그 오아시스가 문학(시)이라고 나는 생각한다. 프리즘이 생겨도 여전히 아름다운 무지개처럼 시 또한 전자사막 속에서도 여전히 오아시스로 남을 것이다.

강을 건너면 뗏목을 버려라

나카지마 아시스의 『산월기(山月記)』에 「호랑이가 된 시인」이란 작품이 있는데 그 줄거리는 대강 이렇다. 시인으로서 타고난 재능도 있고 어느 정도 인정도 받았지만 끝내, 시에도 삶에도 실패한 시인의 이야기다. 시에도 삶에도 실패한 그는 마침내 호랑이로 변해 숲속으로 사라지고 만다.

그는 몇 년 뒤에 관리로 출세한 친구 앞에 나타나, 자신이 호랑이가 된 경위를 털어놓는다. 그러면서 자신을 호랑이로 만든 것은 세상을 분노하고 미워하는 자신의 마음 때문이었다고 고백한다. 자신을 알아주지 않는 세상에 대한 분노와, 하찮은 학식과 재능으로 출세한 자들에 대한 미움 때문에 마음뿐 아니라 몸까지 호랑이로 변했다는 것이다.

그는 자신을 너무 과신한 나머지 지나친 자존심을 버릴 수 없었던 것이다. 훌륭한 스승에게 배우려 하지 않고, 친구들과 어울려 토론도 하지 않으며, 자신의 재능을 스스로 갈고 닦으려 하지도 않았던 것이다. 그것은 자기 확신에 찬 자신감이 아니라 하찮은 자존심과 자기 확신 뒤에 숨긴 두려움과 게으름이었다.

호랑이가 된 시인은 헛된 자기 확신 때문에 큰 것만 보려 하고 작은 것은 무시했기 때문에, 사소한 것이 세상을 바꾸기도 한다는 것을 몰랐던 것이다. 모든 것을 자신의 마음으로 돌아보지 않는다면 시 한 편을 완성했다 하더라도 소용없는 일이 될 수도 있는 것이다. 자기확신과 자기과신은 다른 것이다. 자기확신은 어떤 일에 대한 신념을 가지지만 자기과신은 오히려 신념을 떨어뜨린다.

세상에서 가장 큰 즐거움은 사람으로 태어난 것이며 세상에서 가장 죄 없는 일이 시 쓰는 일이라는 것을 알았다면 소설 속의 시인은 헛된 자기과신은 하지 않았을 것이라 생각한다. 요즘 우리들 주변에서도 호랑이가 되어가고 있는 시인이 더러 있다고들 한다. 자기과신으로 자기확인이 되지 않기 때문일 것이다.

시인은 대패질을 하는 시간보다 대팻날을 가는 시간이 더 길어야 하고 강을 건넜으면 뗏목을 버릴 줄도 알아야 할 것이다. 튼튼한 뗏목을 만들려면 먼저 나무를 다듬는 데 최선을 다해야 하듯이 시를 쓰는 것도 먼저 많은 수련을 거쳐 삶을 성찰하는 내공을 쌓아야 호랑이

가 된 시인처럼 되지 않을 것이다. 시란 얻고자 하는 욕망이 강할수
록 그만큼 더 얻기 어려워지는 것이다. 시란 욕망이 아니라 어디까지
나 존재여야 한다.

고통은 누구도
대신해줄 수 없다

시간은 가는 것이 아니라 이렇게 자꾸 오는 것이란 말을 떠올릴 때마다 추억을 통해 인생은 지나가는 것이란 말도 함께 떠오른다. 이 시를 볼 때 더 그렇다. 불경한 꽃말이 없듯이 추악한 추억도 없는 것일까. 그토록 견딜 수 없던 시간도 지나고 나면 그런대로 그리워지니 도대체 시간이란 얼마나 많은 어제를 집어삼키는 구멍이란 말인가.

내가 처음으로 직소폭포를 찾은 것은 1979년 여름이었다. 삼십오 년 전의 일이니까 내 나이 서른일곱 되던 해였다. 신문을 보다 '직소' 라는 단어에 이끌려 무작정 길을 떠난 것이다. 직소폭포는 길이 끝나는 곳에 있었다. 크지 않은 폭포지만 물길은 생각대로 곧았다. 그때 그 산(내변산)엔 아무도 없었고 폭포소리만 저 혼자 우렁찼다. 폭포의 곧은 물줄기를 바라보다 굽은 내 마음을 어찌할 수 없어 나는 폭포처럼 울었다.

몇 시간을 바위처럼 앉아 있었는데 갑자기 쿵 하는 소리가 들리더니 몸이 옆으로 기우뚱하는 것 같았다. 그때 마치 빛이 눈을 뚫고 들어온 듯 앞이 탁 트이면서 정신이 번쩍 들었다. 놀라운 것은 어둑했던 마음이 환해지면서 처음으로 살아봐야겠다는 생각이 들었다는 것이다. "너는 죽을 만큼 잘 살았느냐"는 소리가 어디선가 들리는 것 같아 사방을 둘러봐도 들리는 것은 폭포소리뿐이었다. 그 소리는 내게 삶은 살아갈 가치가 있다는 것을 깨우쳐준 소리였다. 정말 신기한 경험이었고, 나만의 신비한 체험이었다.

처음 직소폭포를 찾았을 땐 폭포처럼 울었는데 삼십삼 년 뒤, 이 글을 쓰고 있는 나는 폭포소리를 폭소처럼 생각한다. 그러면서 의연하게 타인의 고통을 바라볼 때는 '우리'라는 말은 쓰지 말아야 한다고 말하고 있다. 고통은 누구도 대신해 줄 수 없기 때문이다.

두려움을 극복하는 길은 뒤돌아보는 것이 아니라 앞으로 나아가는 것이라는 듯이 생각도 의지도 시간이 지나면 뿌리처럼 단단해지는 것이었다. 그때부터 나는 마음이 궁벽일 때 새벽을 생각하고 몸이 만신창이일 때 병고로 약을 삼으려고 했다. 그 생각은 아마도 죽는 것이 사는 것보다 낫겠다던 굽은 마음을 직소폭포의 곧은 물줄기가 곧게 일으켜 세워준 때문일 것이다. 세상에서 가장 해독하기 어려운 것이 사람의 마음이라고 어느 작가가 말한 것처럼, 내 마음을 내가 읽기도 어려웠는데 직소폭포가 나를 나보다 더 잘 읽어주었던 것이다.

아름다움은 어디서나 자랄 수 있는 것이란 생각이 든다.
너무 아름다워서 절망할 때 그때가 시가 터져 나오는 때가 아닐까
또 생각해본다. 절경 앞에서는 누구도 말을 잃어버릴 테니까.

고통의 싸움터가 바로 마음인데 나는 그 마음을 잘 해독하지 못해 늘 괴로워했다. 내겐 마음이 늘 화두였다. 어떤 일에 죽을 지경으로 시달리다가 기진했던 마음이 깨달은 것은 고통을 밀어낼 것이 아니라 사랑해야겠다는 것이었다. 자연의 사랑에는 언제나 오류가 없지만 사람의 사랑은 그릇된 대상 때문에 너무 넘치거나 모자라서 잘못될 수도 있는 것처럼 사람의 인연은 대체로 악연이었다. 그 악업을 풀기 위해 누구나 고통을 통해 자신의 한 생애를 쓴다는 것을, 삶을 살아내고 살려야 한다는 것을 직소폭포는 말보다 더 말 같은 소리로 나를 깨워주었던 것이다. 그래서 직소폭포는 내게 오래된 미래 같은 것이라 말해도 될 것 같다. 오래된 폭포소리가 나를 살려내 미래를 찾아주었기 때문이다.

나는 비로소 오랜 침묵 끝에 말하기 시작한 사람처럼 "그래, 존재가 있기 때문에 고통스럽고 몸이 있으니까 추운 것이지. 이게 수고로운 인생일까?" 중얼거려본다. 그래서 모든 작품은, 모든 삶은 자서전이자 반성문이라 했을 것이다. 그때나 지금이나 폭포처럼 변하지 않는 것은 마음을 떠나 따로 길이 없다는 것이다.

직소폭포를 만난 지 십삼 년 만에 「직소포에 들다」라는 시를 완성할 수 있었다. 내 시 중에서 가장 오랜 시간이 걸려 완성된 시이다. 내가 이 시를 아끼는 것은 내 정신의 긴 투쟁 끝에 살아남은 시이기 때문이다.

폭포소리가 산을 깨운다 산꿩이 놀라 뛰어오르고 솔방울이 툭,
떨어진다 다람쥐가 꼬리를 쳐드는데 오솔길이 몰래 환해진다

와! 귀에 익은 명창의 판소리 완창이로구나

관음산 정상이 바로 눈앞인데
이곳이 정상이란 생각이 든다
피안이 이렇게 가깝다
백색 淨土! 나는 늘 꿈꾸어 왔다

무소유로 날아간 무소새들
직소포의 하얀 물방울들, 환한 水宮을

폭포소리가 계곡을 일으킨다 천둥소리 같은 우레 같은 기립박
수소리
──바위들이 몰래 흔들한다

하늘이 바로 눈 앞인데
이곳이 무한천공이란 생각이 든다
여기 와서 보니
피안이 이렇게 좋다

나는 다시 배운다

絶唱의 한 대목 그의 완창을

—「직소포에 들다」 전문

시는 시갈이부터

"이 세상에서 죽는다는 건 어렵지 않네/ 그보다 더 힘든 건 사는 것이라네"라는 마야콥스키의 시 한 구절처럼 시인으로 산다는 건 정말 힘든 일인 것 같다. 나는 매일 나 자신을 만들어간다는 생각으로 시를 쓴다.

시인이란 자신만의 분열과 갈등을 살아내면서 나아가는 존재란 것을 깊이 느낄 때마다 봄맞이를 하듯 시를 맞이할 수는 없을까 하는 엉뚱한 생각을 하게 된다. 농촌의 봄이 봄갈이(春耕)로부터 시작되듯이 시인도 시 한 편을 시갈이로부터 시작해야 한다는 생각이다.

농부들이 씨를 뿌리고 정성껏 키워서 열매를 거두려고 전력을 다하듯이, 시인도 시 한 편을 얻기 위해 시작(詩作)에 전력을 다해야 한다. 어떤 시적 동기(시의 종자)가 있으면 어떤 시작 사고와 상상력으로(어떻게 키워야 하고) 어떤 언어로 표현해야(어떻게 농사지어야) 시 한 편을 수확할 수 있을까 생각하며 전력을 다해야 하는 것이다. 농부들이 농사일에 전력투구를 하는 것이 시인의 시작행위와 크게 다르지 않다.

땅을 갈아엎은 뒤에 씨를 뿌리고 키워서 좋은 수확을 하는 일이 시 짓는 일과 별반 다르지 않다는 사실이 신비스럽다. 농사에 대한 농부들의 기대와 희망이 시에 대한 시인의 기대와 다르지 않아, 모든 사물의 이치가 순리대로 움직인다는 것을 실감하게 된다.

시농사도 밭농사와 자식농사처럼 큰 농사다. 어린시절 봄이 되면 나도 채전밭에 꽃모종을 옮겨놓고 꽃농사하는 사람처럼 꽃이 무사한지 궁금해서 날마다 그곳을 기웃거렸다.

시가 완성되기 전의 설렘과 두근거림과 고뇌와 사유가 내 시의 비밀이듯이 꽃피기 전의 채전밭의 꽃모종이, 그땐 그것이 내 유일한 비밀이었다. 나는 꽃구경하는 것으로 봄맞이를 했다. 내가 다섯 살 되던 무렵, 빨간 채송화를 보고 처음으로 놀란 뒤로 꽃에 대해 무척 관심을 가졌던 것 같다. 꽃에 대한 시를 몇 편 쓴 것도 다 그때의 기억에서 빌려온 것이다. 기억이란 놀랍게도 꼬리가 길어서 지금껏 나에게 잇닿아 있다. 기억할 수 있는 곳이 있고, 그 기억을 통해 내 인생도 지나간다는 것이 얼마나 다행한 일인가.

세상의 많은 기억들 중에서 고향에 대한 기억처럼 사람을 절절하게 만드는 것도 없을 것 같다. 고향의 풍경들이 곧 내 시의 시원이고 출발점이지만, 그럼에도 내 시 중에 고향을 주제로 한 시는 한 편도 없다. 다만 고향이 내 시의 뿌리로 자리 잡고 있을 뿐, 한 편의 시로도 태어나지 못했다. 그것이 앞으로 내가 풀어야 할 과제이며 마음의 빚이다. 서울서 살다 시골로 내려간 후배 시인이 보내온 편지를 받아서인지 옛 기억들이 오늘따라 이렇게 자꾸 오는 것 같다. 편지 끝 구절 때문이다. "농촌의 봄은 너무 화사하고 환해서 내가 죽을 지경입니다."

아름다움은 어디서나 자랄 수 있는 것이란 생각이 든다. 너무 아름다워서 절망할 때 그때가 시가 터져 나오는 때가 아닐까 또 생각해 본다. 절경 앞에서는 누구도 말을 잃어버릴 테니까. 진정한 시는 가장 말이 적은 작품이다. 먹감나무는 자기 속이 검게 썩어가면서도 열매를 맺는다. 먹감나무 같은 것이 바로 시다.

먼저 백 번을 읽어라

책을 멀리하고서 위대한 업적을 남긴 사람은 없다. 먼저 백 번을 읽어라. 그러면 뜻이 저절로 나타날 것이다. 이것이 옛 사람들의 공부법이었다. 독서란 성공한 사람들의 유일한 공통점이다. 책은 참마음의 등불이다. 아무리 강한 바람이 불어도 그 등불은 꺼지지 않는다.

"젊은 시절의 독서는 틈 사이로 달을 엿보는 것과 같고, 중년의 독서는 뜰 가운데서 달을 바라보는 것과 같으며 노년의 독서는 누각 위에서 달구경하는 것과 같다. 모두 살아온 경력의 얕고 깊음에 따라 얻는 것도 얕고 깊게 될 뿐"이라고 청나라 초기의 문장가 장조는 『유몽영』에서 말하고 있다.

어리석고도 어리석은 사람은 나이 들어서야 책을 읽는 사람이다. 이보다 더 어리석고도 어리석은 사람은 나이 들어서도 책을 안 읽는 사람이다.

책에도 유전(流轉)이 있다는 것을 책꽂이에 꽂혀 있는 책들을 보면 알게 된다. 저 많은 책들이 누구의 손을 거쳐 내게로 왔는지 또 누구의 손을 거쳐 어느 서가에 꽂히게 될지, 유전하는 책의 내력에 대해 생각하게 된다. 그래서 책은 하나의 생(生)이라 했을 것이다. 내 책꽂이에 꽂혀 있는 책은 내가 어디로 가든지 나를 따라다닌다. 아니다. 내가 책에 발목을 잡혀 끌려 다닌다. 그만큼 책은 나와 함께 운명을 같이하는 운명공동체다. 시를 쓸 때 공부를 뒷받침해주는 것이 책이기 때문이다.

책을 읽는다는 것은 체험을 쌓는 동시에 자기를 읽는 것이다. 책들은 늘 내 곁에서 나를 살려주고 내 정신을 제대로 세워주는 뼈대가 된다. 새 책은 새로운 것을 발견하는 것처럼 흥미롭고, 오래된 책들은 마치 잊을 수 없는 추억처럼 그 추억을 통해 내 인생이 지나가게 한다.

책은 읽지 않고 펼치기만 해도 유익하다는데, 옛 선비들은 손에서 책을 놓지 않았다. 유익한 책을 놓지 않았으니 쌓인 내공은 얼마이겠으며 쌓인 정신은 또 얼마였겠는가.

책은 인간이 만든 발명품 중에서 가장 위대한 것이라는 말이 책을 읽을 때마다 속깊이 느껴진다. 책은 내 정신을 떠받치는 중요한 존재다. 지금까지 시와 책은 나에게 학교였다. 책은 나의 스승이 되고 내 시의 스승은 낯선 곳에서 온다.

'경험은 사람을 변화시킨다'던 푸코도 자신이 책을 쓰는 것은 책이 자신을 변화시키고 또한 자신의 생각을 변화시키기 때문이라고 말하고 있다. 이처럼 책은 인간이 만든 가장 훌륭한 발명품인 것 같다. 한 권의 책으로부터 한 사람, 나아가 시대와 인간을 읽는 것이다. 그래서 한 권의 책이 한 사람의 인생을 바꿔놓기도 한다. 책 중에서도 고전(古典)은 책의 에베레스트다.

나는 나

나그네새는 이십육 일 만에 세계를 한 바퀴 도는, 새 중에서 가장 빨리 나는 새다. 너무나 빨리 날기 때문에 정처가 없다. 그래서 이름까지도 나그네새다. 새 중에서 가장 작은 새로 몸길이가 육 센티밖에 되지 않는 벌새는 공중에 정지한 듯한 모습으로 꿀벌을 빨아먹고 산다. 그래서 다른 새들처럼 멀리, 높이 날지도 못한다. 그러나 빨리 나는 나그네새가 벌새보다 더 잘난 새라고 말할 수는 없다.

급변하는 세계 속에서 정보를 더 빨리 더 많이 아는 것도 중요하다. 그러나 그것만이 전부일까. 중요한 것은 다른 곳에도 있다. 무엇인가 뜬다 싶으면 그쪽으로 몰려가는 들쥐 같은 습성보다는 '나는 나'라는 인식으로 자기만의 창작세계를 갖는 것이 더 중요하고 정보보다 연대가 더 중요하지 않을까 싶다. 정보가 많다고 해서, 정보를 더 많이 안다고 해서 삶의 질이 높아지는 것도 아니고 작품이 더 좋아지는 것은 더더욱 아니다. 오히려 감동 없는 세대를 만들 뿐이다.

나는 기계가 싫어 아직도 손으로 글을 쓴다. 언젠가는 인터넷을 배우게 될지는 모르지만, 왠지 컴퓨터로 시를 쓰면 손끝에서 나오는 것보다 감동이 없을 것이라고 나 혼자 생각한다. 문학 하는 사람들, 예술가들은 너무 지나치게 기계에 미치지 말았으면 좋겠다. 잘 쓰는 몇몇 젊은 작가들의 글을 보면 세련되고 잘 다듬어져 있긴 해도 뭔지 모르게 메마르고 기계적인 것 같아 감동이 느껴지지 않을 때가 있다. 손끝에서 마음 끝으로 전해지는 진정한 작품이 있다면 밤을 새우면서 읽을 텐데…… 하는 아쉬움은 어쩔 수 없다.

이 시대에 무슨 시대착오적인 소리냐고 말하는 사람들도 있을 것이다. 그러나 시인으로 세상을 보자면 예술가들이 너무 빨리 세상에 물들어간다는 것이다. 개발과 개선은 다르고 변화와 변질은 분명 다르다. 좀 지나친 말인듯 하지만 이 시대의 문인들은 선비정신도 없고, 요절도 자살도 하지 않는다고 농들을 한다. 이 말들은 농이 아니라 어쩌면 문인들 스스로의 뼈아픈 반성의 말인지도 모른다. 너무들 안전선 안에서 안전한 것 같다는 얘기다. 시인들의 정신 벨트가 너무 느슨해져 있다는 얘기로 들리니 나부터 정신을 조여매야겠다.

글을 쓸 때마다 나만의 방이 있다는 것이 새삼 좋고 나만의 방에서 내 생각, 습관, 행동이 내 삶을 바꾸어준다는 것이 좋다. 나만의 방이 있다는 것이 정보를 많이 가진 것보다 더 좋다는 것을 나는 새삼 느낀다. 나만의 방이 책으로 채워져 있어서 자식 대신 책이 내 미래를 저축해주고 나는 삶을 쓰면서 세상에 진 빚을 갚는다.

버지니아 울프는 그녀의 저서인 『자기만의 방』에서 "여성이 소설이나 시를 쓰려면 일 년에 오백 파운드의 돈과 자물쇠를 채울 수 있는 방 하나를 가질 필요가 있다"고 했다. 그 한마디로도 글 쓰는 데 나만의 공간이 있다는 것이 얼마나 소중한 것인지를 알 것 같다. 나만의 방에서 나는 시인 워즈워스가 말한 것처럼 생활은 단순하게 생각은 깊게 살아가야겠다.

시인으로 살아남기 힘든 이 땅에서 살아남은 자의 슬픔을 되새기는 밤. 나는 골짜기처럼 깊어져 질문을 던진다. 왜 쓰는가?

세상을 발견하기 위하여, 새로운 것을 배우기 위하여, 잘 살기 위하여 그리고 잘 전하기 위하여 쓴다고 대답한다. 쓰는 시가 있어 나는 살아 있고 살아간다. 살아 있어 시를 쓰는 것만으로도 나에게는 지극한 기쁨이 된다.

중요한 것은 잊어서는 안 되는 것을 쓰고 아픔을 되새기는 일이다. 시라는 약발로 나는 도심의 사막을 견딘다. 시는 나에게 꽃이 좋은지 열매가 좋은지 묻지 않는다. 꽃은 열매를 맺으려 피지만 열매는 꽃을 피우려 익는다고 넌지시 귀띔해줄 뿐이다.

시의 스승은 낯선 곳에서 온다. 나는 시를 배우면서 늙어가고 시를 쓰면서 진화한다. 이것이 나의 작가수업이다.

세속적 가치를 따르기보다 인문의 가치를 귀히 여기는 다산북스 대표님께 깊이 감사하고, 아누크 에메를 닮은 나직한 김현정 님과 뛰어난 시인 백상웅 씨의 수고에 감사한다. 큰 빚을 졌다. 잘 되기를, 아브다카 다브라!

2015년 2월
천양희

그림 목록

작가수업 천양희 첫 물음

초판 1쇄 인쇄 2015년 3월 12일
초판 1쇄 발행 2015년 3월 19일

지은이 천양희
펴낸이 김선식

경영총괄 김은영
마케팅총괄 최창규
책임편집 백상웅 **디자인** 문성미 **마케팅** 이상혁 **크로스교정** 김현정
콘텐츠개발2팀장 김현정 **콘텐츠개발2팀** 백상웅, 문성미, 이은
마케팅본부 이주화, 이상혁, 최혜령, 박현미, 반여진, 이소연
경영관리팀 송현주, 권송이, 윤이경, 임해랑

펴낸곳 다산북스 **출판등록** 2005년 12월 23일 제313-2005-00277호
주소 경기도 파주시 회동길 37-14 3, 4층
전화 02-702-1724(기획편집) 02-6217-1726(마케팅) 02-704-1724(경영관리)
팩스 02-703-2219 **이메일** dasanbooks@dasanbooks.com
홈페이지 www.dasanbooks.com **블로그** blog.naver.com/dasan_books
종이 월드페이퍼(주) **출력·인쇄** 현문 **후가공** 이지앤비 특허 제10-1081185호

ISBN 979-11-306-0482-4 (04810)
(세트) 979-11-306-0481-7